ノール
【 Noor 】

'You have no talent at all.'
The man who was so declared,
however, becomes the strongest
with 'Parry'. And then...

parry

I WILL "PARRY" ALL

- The world's strongest man wanna be an adventurer -

2

クレイス王国
【六聖】
They are the leaders of Six Armies
of the Kingdom of Clays.
"癒聖"セイン
【Sain】
"盾聖"
ダンダルグ
【Dandalg】
"弓聖"
ミアンヌ
【Mianne】
"魔聖"
オーケン
【Oken】
"剣聖"シグ
【Sig】
"陰聖"カルー
【Carew】
Kingdom of

2

俺は全てを【パリイ】する

〜逆勘違いの世界最強は冒険者になりたい〜

著・鍋敷　イラスト・カワグチ

I WILL "PARRY" ALL

- The world's strongest man wanna be an adventurer -

【これまでのあらすじ】

「才能なしの少年」
そう呼ばれて養成所を去っていった男・ノール。
彼はその後10年以上も、
一人でひたすら防御技【パリイ】の修行に明け暮れていた。
そしてある日偶然、魔物に襲われた王女・リーンを助け、
その指南役に抜擢されたたことから、
ノールの運命の歯車は思わぬ方向へと回り出す。
空前絶後の能力を持ちながら、
ただ一人それに気づいていないノールの前に、
さまざまな困難が襲い掛かってきた……。

I Will "PARRY" All
- The world's strongest man
wanna be an adventurer -

Character

Noor

ノール

12歳ですべての「職業(クラス)」において才能がないといわれ、山に籠って唯一のスキル「パリイ」の鍛錬を繰り返す。最低ランクの冒険者だが、実はとんでもない能力の持ち主。ただ自分だけがそれに気づいていない。

Lynneburg (Lynne)

リンネブルグ・クレイス（リーン）

14歳。あらゆる能力に秀でたクレイス王国の第一王女。反対勢力から命を狙われ、危ういところをノールに助けられる。以来ノールを「先生」と呼んで慕う。

Ines

イネス・ハーネス

クレイス王国の騎士。幼少の頃より特殊な防御能力を持ち、それを活かして現在ではリーンの守護役を務める。21歳。

Rein

レイン・クレイス

クレイス王国の第一王子。リーンの兄。20歳。沈着冷静な性格で、王の補佐役として王国のかじ取りを担う。目的のためには手段を択ばないところがある。

Rolo

ロロ

魔族の少年。生い立ちなどは不明。魔族は他の部族などから弾圧の対象であり、かなり不幸な幼少期を送っている。

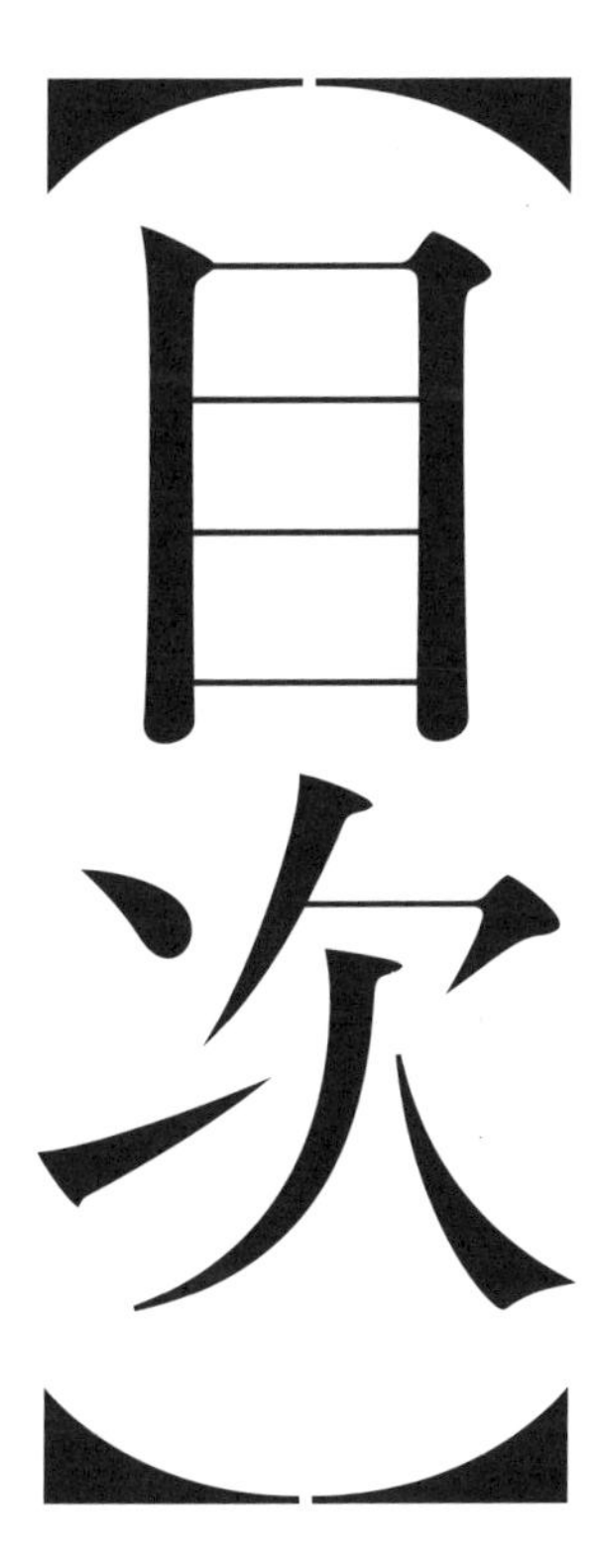

I Will "PARRY" All
- The world's strongest man wanna be an adventurer -

Contents

Volume TWO

31　破滅の訪れ

王子レインは不眠不休で王都を駆けずり回っていた。

「一刻も早く、駒の配置を摑まねば」

王都に潜伏していた数十箇所の『脅威』は現実のものとなった。

調査部隊の【隠蔽除去（アンカバー）】でその中の一体が姿を現したのを皮切りに、次々と街中に強力な魔物が姿を現し、今朝までの静けさが嘘の様に、王都は大きな混乱に陥っていた。

幸い、潜伏箇所の殆どには兵を派遣済みであり、クレイス王国の【六聖】率いる【王都六兵団】の面々と王都冒険者ギルドの組織する『冒険者傭兵団』が王都中に散り、出現した魔物たちの対処に当たっている。

各所での戦闘は苦戦を強いられているが、リーンとあの男、ノールのもたらした【隠蔽】で姿を消し潜伏した『ゴブリンエンペラー』の情報が無ければ、もっと酷い状況になっていただろう。

事前に情報を得てパーティを組んで対処に当たれた為、善戦していると言っていい。

怪我人は大量に出ているが【僧侶】系統職の派遣が間に合い、幸い、死人はまだ出ていない。

目の届く範囲の市民は全て、安全が確認できた王都の西端エリアに避難させた。


今はまだ、そう大きな被害は出ていない。

幾多の建物が壊れ、街を囲む城壁が無残に崩されようとも、人さえ残れば王都の復興はできる。

街は混乱はしているが、現時点での損害は大きくはない。


――あくまで、今はまだ、という話だが。


「だが、まだだ。まだ、次があるはずだ」

魔導皇国（あいて）がクレイス王国に仕掛けて来ているのは、問答無用の国潰し。

恐らく、ここまで確認された襲撃はあくまで初手でしかない。

既にこの事態ですら異常な規模の襲撃だが、あくまでこれは次の手の為の布石。

こちらの戦力が散って損耗するタイミングを見計らい、また次の大きな波を仕掛けてくる。

——自分であれば、そうする。

本質的に同類である自分には相手のやり口が嫌という程、判る。

だから奴らは確実にここで何かを仕掛けてくる。

それはわかっているのだが。

問題はその何かが一向に見えない、と言うことだ。


「何処だ？　次は、何処から来る——？」


王子は一昼夜、血の滲む足を磨り減らし続けていた。

昨晩、【神盾】イネスに妹、リンネブルグ王女を託して亡命を命じ、隣国ミスラに送った後、一瞬たりとも休むことなく自ら駆け回り情報を集め続け、状況を探り続けている。

だが、それでも有効な情報がいっこうに集まらない。

今【隠聖】率いるクレイス王国の精鋭諜報部隊である『隠密兵団』が血眼になって王都の周囲を捜索している。

彼らはその精鋭の名に恥じない凄まじい勢いで偵察を行い、もう既に、王都の周辺の土地は殆ど全て探しきったようだった。

——それでも、何も見つからない。

疲労と憤りで王子の焦りは限界（ピーク）に達していた。

奴らは、すぐに攻撃を畳み掛けてくることだろう。

……だが、何処から？　どうやって？

それが、王子にはわからない。

必死に探しても、本当に何も見つからない。

王都周辺には、もう探す場所など残っていない筈だった。

ネズミしか通らないような細い路地も、魔物の棲む周辺の森も王都の迷宮関連施設も、地下水路に至るまで全て隈なく探し尽くした。上空からの襲撃も十分にありうると考え空も探した。でも何も見つからなかった。

王子にはもう、何も他にやれることは残っていないようにすら思えた。

……いや。それならば。

ここまで捜して何も出てこないということは、自分の勘が外れていたということではないのだろうか。

自分の予想が全くの杞憂に終わるのであれば、それほど嬉しいことはない。

楽観に過ぎるかもしれないが、もしかしたら、これ以上何もないこともありうるのではないか。

限界に近い疲労の為か、王子はそんなわずかな希望を胸に立ち止まり、乱れた呼吸を整える為にふと空を見上げ——その瞬間、視線の彼方にある微妙な違和感に気がついた。


「——なんだ、あれは」


それはほんの僅かな揺らぎのような違和感だった。

最初は疲れのための見間違いかと思った。

遥か上空にある雲の揺れとも思えなくはなかった。

だが、微妙に違う。

遥か上空にある雲の一部が、僅かに不自然に揺らいで見える。

そして、その違和感は次第に大きくなっている様に見えた。


「まさか」

王子はその瞬間、己の失態(ミス)を悟った。

そうして、血が滲み出るほどに強く歯噛みした。

浅はかだった。

自分は地面を這いずり回っている場合ではなかったのだ。

全て捜索し尽くしたと思いながら、とてつもなく大きな盲点があった。


「さらに、上……からなのか」


空(うえ)も、可能性としては排除していないつもりだった。

飛竜(ワイバーン)を使った襲撃も想定し、上空からの警戒も最大限に指示していたつもりだった。

だがそれも可視範囲程度の上空まで。

遠視が可能な【狩人兵団】でも、精密な捜索可能範囲はせいぜい雲が浮いている辺りまでだ。

更にその遥か上となると――


「――何もしていないも、同然、か」

自身の思考の抜けに失望を覚えているうちに、王子の視界に映る違和感は刻一刻と大きくなっていく。

既にあそこに何かがあるのは明らかだ。

うっすらと蠢(うごめ)く、何か巨きな影が見える。

必死で探していた次の駒はもう目前に迫りつつある。

――自分が血眼になって探していた危機は、既に視える場所(あそこ)に在ったのだ。

「【隠蔽除去(アンカバー)】――――ッ……!?」

王子は一刻も早くその【隠蔽】で姿を隠されているであろう脅威の姿を確認する為、自らのスキル【隠蔽除去(アンカバー)】でその『何か』を覆っている透明な膜を引き剝がそうとした。

そして、それはあっけないほど簡単に姿を現した。

同時に王都を覆う巨大な影が落ちる。

瞬間、王子は言葉を失った。

「……なん、だと……？　まさか。そんな――――そんなはずは」

それは一つの巨きな生き物だった。

誰もが最強の魔物の一種として識る『竜種（ドラゴン）』。

その中でも、あらゆる同族を差し置いて最強と謳われる『古竜』の姿が、王都にあった。


だが、王子はその目で見たものをすぐには信じられなかった。

己の国を護らなければならないという王子の義務感が、思わずそれを信じることを拒否した。

何故なら、それがそこに在ることが即ち、王都の滅亡を意味するものであったから。

それは誰もが知りつつ、誰もその目で見たことはない——そして誰も目にしてはいけない厄災そのものとして識られる竜だった。


「あれは——【厄災の魔竜】……か」

その現実を受け入れた瞬間、王子の困惑は怒りに変わった。

「奴らは一体、何を考えているのだッ!?　人の身であんなものを利用するなど、奴らは本当に正気なのかッ!?」

王子は混乱の内に叫んでいた。

最早、相手が正気の人間だとはとても思えなかった。

いや――――おそらく、彼らは狂っているのだろう。

狂っていなければ、こんなことなどできるはずがない。

「あんなものを、人の里にぶつける、だと……？」


――【厄災の魔竜】。

人が決して触れてはならない超常生物として知られる、最古の竜。

数多の伝説で語り継がれ、数千年の永き時を生きると伝えられる生ける神話。

その存在を伝える無数の書物に記された逸話は、悪夢めいた御伽噺としか言いようがなかった。

とても現実にあったこととは思えない、惨劇の数々。

だが、その『息（ブレス）』で抉られた無数の山々の痕跡が、一夜にして平らに均されたという大都市の廃墟が、気紛れに抉（えぐ）られて小さな湖となった軍の砦の残骸が、その暴虐の歴史の動かぬ証拠となっている。

その逸話を多少でも知っている者であれば、目の前にその伝説が現れたという意味は直ぐに理解できる。

その竜がひとたび身じろぎすれば山すら容易に崩れ、戯れにその尾を振るえば、それだけで人の築いた石の城など為す術もなく滅ぶ。


だが、何故、と王子の頭に一つの大きな疑問が浮んだ。

大陸の古い歴史を綴る書物によれば、【厄災の魔竜】はひとたび目覚めれば獰猛で手のつけられない災厄そのものとなるが、平均しての活動期は短く、暴れた後すぐに数百年という長い眠りにつく生物だという。人はその魔竜の特性を知り、活動する時期に距離を取ることで竜と共存とまではいかずとも、やり過ごすことができた。

同じ記録によれば、あの黒い竜が最後に眠りについてから百五十年ほどしか経っていないという。

だから、あの黒い竜は次の活動期が来るまで、あと二百年は眠っている筈だった。

それが目の前で羽ばたき、空に巨体を浮かばせている。


「――――まさか、目醒めさせたのか？　わざわざ、人の手で？　莫迦な」

王子の脳裏に浮かんだのは、数百年前に起こった大陸中を揺るがす惨劇のことだった。

この大陸は一度、あの竜に関わったばかりに滅びかけた。

きっかけは、ある欲深い男が眠っている竜の鱗を削り取り、僅かばかりの金に換えようとしたことであったという。

自らの眠りを邪魔された魔竜は怒り狂い、すぐに周辺の街が焦土と化し、その後竜は十年もの長きに渡って暴れ続け――目を背けたくなるような惨劇の爪痕が各地に刻まれた。当然、人は数多く死に、その時近くに存在した国々も悉く滅ぼされた。


そうして人々は計り知れないほどのものを失いながら、教訓を得た。

あの竜には決して触れてはならないものなのだと。

だからこそ、その厄災を見聞きした人々は、愚かな行為を繰り返さないよう、その凄惨な記憶をあらゆる方法で語り継ぎ、今に伝えた。

二度とその理不尽な存在に人を蹂躙させないために。


……なのに。それなのに――

「たかが人同士の争いに利用するなど、なんと愚かなことを――――奴らは過去のできごとから、何も学んでいないと言うのか!?　あれは絶対に人が触れて良い類のものでは無いのだ……！　何故、奴らはそんなこともわからない――――!?」


あれは人の手でどうにか出来るものではない。

出現が即ち、その一帯の消滅を意味する。

あの竜は【国崩しの竜】の異名を持ち、国ごと滅ぼされた例には事欠かない。

長きにわたり人が世代を超えて積み上げた営みを、砂の細工か何かのように容易く崩してしまうのだ。

今、そんな伝説上の存在が、王都の上空を悠然と羽ばたき父の残る王城へと向かっている。


「……終わりだ、何もかも」


あまりに不吉な竜の相貌（すがた）が王子に絶望を呼び起こし、立つ力さえ奪った。

これで王都（このまち）は終わりなのだと、王子は悟った。

クレイス王国の歴史は、今日で終わる。

あれはもう完全に人の手に余る。手の施しようがない。

人の身で、こんな状況を覆せる者など何処にもいはしないのだ。

これは紛れもない現実であり、都合よく危機を解決してくれる英雄殿が登場するような夢物語(ゆめものがたり)ではないのだから。

「――駄目だ……冷静になれ――！」

王子は最後に残った意志を振り絞り、両脚に力を込めて立ち上がった。

――まだだ。

まだ、全てが駄目だと決まったわけではない。

まだ自分にも出来ることは残っている。

今、この瞬間、やらなければならないことがある。

そうして王子は大きく息を吸い込み、側(かたわら)で立ち尽くしていた連絡官に指示を出す。

「――今すぐ、避難地域に集めている人間を全て、王都の外に退避させろ……！　全てだ。留まろうとする者があっても、無理やりにでも引き剝がし、連れ出せ――荷物は、全て棄てていけ。……いいか？　一人も王都(まち)の中に残すなッ!!」

「はッ」

王子の怒号のような命令を受け、連絡官は即座に伝令の為に駆けた。

同時に王子も自ら現場にいる部下たちに指示を出す為、頭の上で蠢く巨影（ぜつぼう）を感じながら全力で駆け出した。

既にクレイス王国では王都を守る為の戦いではなく――王都を棄て、生き延びる為の戦いが始まろうとしていた。

32　王都への帰路

「もう少しで王都ですね……ノール先生」

「ああ、少し見えてきたな」

私たちは魔族の少年ロロとノール先生を乗せた馬車を急がせ、王都に向かっていた。

ここまで、馬車を引く馬に無理をさせることを承知で全速力を維持して来た。その甲斐もあって、私たちはミスラに向かった時の半分以下の時間で王都の城壁が見える距離まで戻ってくることができた。

でも、そこで目にした王都の異様な空気に、思わず私は言葉を失った。

馬車の手綱を操るイネスも、煙の上がる街を緊張した様子で睨みつけている。

「やはり、様子が……おかしいですね」

風に乗って流れてくる、何かの焼ける臭い。

王都のあちこちで立ち上る黒煙。
遠目でもわかる、ひどい有様だった。
立ち上る煙は一箇所や二箇所どころではなく、あの広い王都の端から端まで――まるで街全てが戦火に包まれているようだった。
私はだんだんと迫ってくる王都の不吉な光景を眺めつつ、息を呑んだ。

「――まさか、ここまでとは」

兄が自分を王都から遠ざけようとした理由がよくわかった。
兄の意図とはいえ、こんな時に自分たちだけ逃げることを良しとしていたとは。
今更ながら、自分の思慮の浅さが恥ずかしくなる。

その時、ノール先生が何かを見つけたように小さく呟いた。

「……ん？　なんだ、あれは」

先生は不思議そうな表情で空を見上げていた。

それも殆ど真上と言ってもいいほどに視線を高く保っている。

「どうか、したのですか……？」

「あそこだ。見えないか？　何かあるような気がするんだが」

「……空の上、ですか……？」

「ほら、あそこ」

先生は雲の遥か上、王都の真上の空を指差している。

私にはじっと目を凝らしても何も見えない。

「……いえ、何も。――ッ――!?」

でも先生が指差した方向をじっと見つめていると、私の目にもだんだん王都の薄暗い空に確かに『何か』が見えた。それはほんの僅かな違和感としか言いようのない、微細な揺らぎ。それが少しずつ地上へと降りてくるように見える。

「――確かに、何かが……あります」

確かに、動いている。

王都の空を殆ど覆ってしまうような一つの蠢く塊が見える。

「まさか生き物？　でも、あれは――――」

でも、私はやはり目を疑った。

ここから見える王城の建物と見比べてみても、あまりにも異常なサイズだった。

あれが生き物だとすると、あまりにも大きい。大きすぎる。


「……えっ……!?」


次の瞬間――――その場の全員が息を呑んだ。

私たち全員が空を呆然と見上げる中、『それ』は突然、姿を現した。

おそらく誰かが【隠蔽除去(アンカバー)】を使ったのだろう。

透明な膜を剝がされるように、姿の見えなかったそれが、ゆっくりと姿を見せると、私は驚きのあまり、言葉を失った。

「……そんな」


王都の空に浮かぶ巨大な竜の姿を目にし、私はただ呆然とそれを見上げた。

その姿に見覚えがあったから、尚、戸惑った。

その竜の姿は様々な伝承、絵本や図鑑、魔導書、歴史書等、ありとあらゆる書物に描かれている伝説的存在【厄災の魔竜】に酷似していたのだ。


「……まさか……本当に？」


――【厄災の魔竜】。

その出現が意味することは、周辺地域の壊滅。

仮にその伝説を知らないものであっても、またあれが【厄災の魔竜】でなかったとしても、目の前の光景から、それは明らかなことだった。王都の半分を覆ってしまうほどの巨体が悠然と、空を進み、向かう先は――王城。


「――そんな」

私は思わず、馬車の中で小さな悲鳴をあげた。

おそらく今、王（ちち）は王城（あそこ）にいる。

元々砦のような造りのクレイス王国の王城は、非常時には司令塔の役割を果たし、国軍を指揮する最高司令官である王（ちち）は王都での有事の際、あそこから各所に指示を出す。


……今すぐに逃げれば、間に合うかもしれない。

父の身体能力であれば、当然、容易に城を抜け出すことはできる。

――でもおそらく、父は逃げること（それ）を選択しない。

あの様子であれば王都にはまだ市民が大勢残っている。

彼らを避難させなければならないという状況で、父は必ずその盾となる役目を選ぶ。

何故なら、他ならぬ王（ちち）こそがクレイス王国の王都における最高戦力の一つであり、現役を引退したからとて衰えを見せない世界最強の一角。

【六聖】を含め、その名に恥じない戦力が王都（あそこ）には揃っている。

だからきっと、王は【六聖】を率い、真っ向からあの【厄災の魔竜】に挑むだろう。

王都の市民を一人でも多く逃がす為に。


――でも。

「……逃げて、ください」

いくら、歴戦の勇士と言われた父であっても、あんなものを相手にはできない。
そこに待つのは、確実な死。
そうして王都が壊滅し、王が死ぬ。
即ちそれはクレイス王国の――

「竜か……初めて見たな。あんなに大きいのか」

最悪の予想で頭の中がいっぱいになった私は、先生の声で我に返った。
私は困惑した頭で、精一杯冷静に声を絞った。

「……あそこには、お父様がいます。もし、あの竜が辿り着いたら――王（ちち）は」

その先の言葉は喉に詰まり、出なかった。

「……今から助けに行くのか？」

「いえ――――でも、もう間に合わないでしょう」

……何を当たり前のことを言っているのだろう、私は。

ノール先生にそんなことを伝えて何になる？　今、私たちは王都からかなり離れた場所にいる。

ここから私たちにできることなど何もない。

仮に、あの場に辿り着いたとしても一体、何ができるというのだろう。

「いや、ギリギリ間に合うんじゃないか？　走れば」

私は少し驚き、ノール先生の顔を見た。

「本当に……？　……この距離を、ですか？」

「ああ」

先生は本気でそう思っているらしかった。

「ゴブリン退治の時のあれをやれば、いけそうな気もしたんだが」

不安で頭が一杯になった私に、先生は何でもないことのように言う。

ノール先生の言うあれとは……まさか。

「【風爆破(ウインドブラスト)】のことですか？　それでしたら、はい、やろうと思えば出来ます……で、ですが——」

あの時は緊急時の対応として、【風爆破(ウインドブラスト)】を先生の背中に放ったが……普通、あの魔法はあんな風にして使っていいものではない。

それに先生は先程『黒死竜』と凄まじい闘いを繰り広げた直後、【死人】のザドゥとも連戦して、既にかなりの消耗をしている筈だ。そんな人にまた、あの竜のもとに行ってくれ、などと。

「まあ、きっと俺などが行っても、邪魔になるだけかもしれないが……もしかしたら、役に立てることもあるかもしれない。あの街にも、リーンのお父さんにも世話になっているし、少しは役に立ちたいからな」

先生はつとめて冷静に——まるでなんでもないことかのように。

そう言って私に笑顔を見せ、『黒い剣』を片手で掲げて見せた。

……その時、私はやっと思い出した。私の目の前にいるこの人物がいったい、誰なのかということを。

「――そう、ですね」

私の迷いはそこで、吹っ切れた。

もう間に合わないかもしれない、なんて。
そんな筈はないのだ。
何故ならあのノール先生が間に合うと言っているのだから。
そうして、即座に決断した。
今回は先生をあそこまで送り届ける為、私も全力でやるのだと。

――風属性上級の攻撃魔法、【風爆破（ウィンドブラスト）】。

あれは通常、人に向かって放つものではない。
直撃すれば並みの魔物は粉微塵に散り、頑丈な石造の砦すら丸ごと吹き飛ぶほどの凄まじい威力を持つ高位の殺傷魔法。

だから、前の戦いでノール先生の背中に放つ時は躊躇した。

怪我でもさせてしまったら……と、きっと、全力の半分も出していなかったに違いない。

でも――もう、迷わない。


その必要がないことがわかったからだ。

先生はあの後、何のダメージも負っていないようだった。

かすり傷すら、受けた気配がない。

普通は考えられないことだが、先生にとっては、あれも背中を押す追い風程度にしか感じていないに違いない。


――この人は、全てが規格外。

私の狭い常識で計ってよい人物ではない。

だから私は先生の期待に応える為、全身全霊を込めた【風爆破（ウインドブラスト）】を撃つ覚悟を決めた。

躊躇や手加減など、微塵も必要ない。

今、私の目の前にいるのは他ならぬ、ノール先生なのだから。

「……わかりました、イネス。手を貸してください」

「はい」

そうして、イネスは私の指示通り【神盾（ディバインシールド）】で『光の盾』を多重展開し、一つの大きな『光の筒』を形成する。

それを横向きに王都の方角へと向け、その先端に先生に立ってもらい――

私は『光の筒』の反対側に両手を添えた。

「では――行きます。衝撃は以前とは比べ物になりませんが、ご容赦を」

「――何――？」

私は瞬時に意識を集中し、ノール先生の背中に向けて全魔力を撃ち込む準備を始めた。

イネスの絶対防壁【神盾（ディバインシールド）】で作った『光の筒』で増幅・圧縮される衝撃に耐えるための【魔力障壁（マジックバリア）】を掌に多重生成、念の為そこに【物理反射（リフレクト）】【魔力反射（マジックリフレクト）】をコーティング――加えて、魔法出力を最大限に高める為の【魔力強化（エンハンス）】【魔力増幅（チャージ）】【魔力爆発（バースト）】を重ねて付与し、【魔力凝縮（コンデンス）】で手のひらに私の持つ全魔力を凝縮させる。

同時に、一つで城塞を吹き飛ばす程度の威力の【風爆破（ウインドブラスト）】のエネルギーを更に飛躍的に高める為、【魔聖】オーケン先生から伝授された【多重詠唱（マルチキャスト）】を発動。


――私の限界詠唱数は、片手でそれぞれ、三つずつ。

両手で合わせて『六重詠唱』。

それを同時にイネスの形成した『光の筒』に全力で撃ち込み、威力を余すことなく一点に集中させることにする。

その力でノール先生を押し出す――

これが、咄嗟に思いつく範囲での、私の今の最大限。

私は一つ、深呼吸をする間に全ての準備を終えた。


……私の実力では、ここまでしかできない。

よくてせいぜい、音の速さを打ち破るほどだろう。

それだけで、あの竜の許（もと）に届くなどとは到底、思えない。


――でも、先生なら。

ノール先生であれば。

「行きます――――【風爆破（ウインドブラスト）】」


全力強化、六重詠唱の【風爆破（ウインドブラスト）】の発動。

その瞬間、両の手に伝わる凄まじい衝撃。

『光の筒』に添えた手が弾かれたように飛ばされ、手の骨が粉々に砕けるのを感じた。

これを背中に受け、先生は――


――先生は音もなく、消えた。

少なくとも私の目からはただ単に消えたように見えた。


「……ノール、先生……？」


だが直後、王都へと通じる道が大きく陥没した。

そしてまるで、巨人が足跡のように次々に巨大な穴が穿たれ、そこから地面が大きく割れていく。

大地に走った亀裂は稲妻のように王都へと延びていき――

――不意に大地が大きく歪み、揺らいだ。

それは辺り一帯の樹々を揺らすような、とてつもなく大きな地震だった。

まるで巨大な隕石が大地に激突したかのような衝撃。

同時に、遥か遠くで何かが大きく跳び上がるのが見えた。

それは、一本の剣を手に持った人影のように見え――

「先生――御武運を」

その人影は王都の空に浮かぶ【厄災の魔竜】にまっすぐに吸い込まれるようにして、瞬く間に視界の彼方に消えていった。

33　王の最期

王は王都で最も高い場所から自身が治める街を見渡していた。

王城の尖塔――有事に各所に指令を出す為に設けられたこの建物からは、王都の様子が手に取るようにわかる。

見渡す限り立ち込める黒煙。炎に包まれる家々と教会、市場。

破壊された家屋は数知れず、未だあちこちで激しい戦闘の音がする。

その上空に突然現れた巨大な黒い竜。

王はその姿を静かに目に焼き付けていた。

「これがあの男の話していた容易いことか……本当に人間を見誤ったという他ない。ここまで、強引に力にものを言わせようとは」

あの男――魔導皇国の支配者、皇帝デリダス三世。

王は眼前に迫る竜を眺めながら、先日決裂した会談で、最後に男が言い放った言葉を反芻していた。

「――呑めるものかよ。我が国の産出する『迷宮資源』を迷宮ごと全て寄越せ、などと」

それはクレイス王国の千年に及ぶ歴史に終止符を打て、と云うに等しいことだった。

隣り合う三国に比して、クレイス王国は小国だ。

面積にして、隣国の十分の一にも満たない狭い国土に加え、水、鉱物、森林、あらゆる資源が貧弱だ。

そんな中、唯一の重要資源が世界最古と言われる『還らずの迷宮』であり、クレイス王国はそこで発見される古代遺物や魔導具の類を交易し、得た財貨で国庫を潤し、領地の殆どを農地として最大限活用することで、小さな国土を維持してきた。

ここ王都が『冒険者の聖地』と言われる所以『還らずの迷宮』――それはクレイス王国の建国の由来であり、今もって国の経済の中心でもあり、生活の要。

国民全てがその多大な恩恵を受けている。

――それを、丸ごと寄越せ、などと。

国民全員の生活基盤を揺るがすだけでなく、そんなことをしたら、遅かれ早かれこの国は瓦解する。

それを百も承知であの男は要求を突きつけてきた。


あの男は欲に狂っている。

以前までは、あそこまで酷くはなかったと記憶している。

理不尽な要求はあれど、落とし所はきちんと弁(わきま)えている――少なくとも、野心と理性の釣り合いは取れている皇帝だと感じていた。

だが――あの男は歳を重ねるごとに変わってしまった。

それもだいぶ悪い方向に。

あの男は高い生産技術を背景に近隣の迷宮を擁する国々を取り込み、そこで産出した古代遺物や魔導具をまた更に熱心に研究し――その複製に成功したことで、更に大きな権力と武力を手中に収めた。

そこからだ、あの男が様変わりしたのは。

もう欲を、野心を隠すことをしなくなった。

他国との均衡を保つことすら、軽んじるようになった。

我儘を通す力を得て、その必要もないと考えたのだろう。

皇国が力をつけ傲慢に振る舞うにつれ、他の周辺二国もその動きに共鳴した。

三国は互いに不可侵の協定を結び——進んで周囲に存在する小国を侵食し、自国に吸収するようになった。

より多くの資源を得て強大な力を得るための食い荒らしを、恥ずかしげもなく行うようになっていた。


「——そんなに、権力（ちから）が欲しいのか」


三国の中心、魔導皇国の力の源となっているのは間違いなく『迷宮資源』だ。

迷宮の奥深くで発見される重要遺物の中には、他国を攻め落とすとなればこの上なく便利なものが幾らでもある。

その迷宮の遺物を自国の技術で解析し、その複製を用いて武力を増強することができれば、他国を侵略することなど容易い。

あの男はそれをまだまだ続けたいと思っている。
その為に、奴らは喉から手が出るほどに『還らずの迷宮』が欲しいのだ。
それを使えば、奴らはさらに強大な権力を手にできると思っている。

――だが、得た力をそんなことに使って何になる？
力は民を幸せにする為にある。
手に余る力は厳重に管理し、敢えて使わないことも一つの道理の弁え方だろう――

王が魔導皇国を率いる皇帝にそう伝えると、その男は嘲るように嗤った。
『そんなことだから貴様はいつまでも小国の王に留まっているのだ、貴様は元来、王の器にあらず』、と。そして――

「……『貴様の小さな国など、力で捻り潰すことは容易い。このまま生かしてやる条件を呑めないというのなら覚悟しておけ』――か。本当に脅し文句通りのことをしてくるのだな、あの男は」

あれが危ない男であるという認識はあった。

危険なことを仕掛けてくるという予想はできた。
だが――甘かった。こんなに早くに。それもこんな規模で、迷いなく虐殺を仕掛けてくるとは。

――心のどこかで、奴もまた人であるのだと侮っていた。
奴は地下に眠る『迷宮』だけが欲しいのだと。
その上にある人や文化や歴史など、どうでも良いのだと。
奴ははっきりと言葉にしていたというのに。

確かにあの男の言う通り、自分は王などという器ではなかったのかもしれない。
元々政治になど全く向かない、朴念仁なのだ。
家臣の指揮を執るよりも何も考えずに剣を振るう方がよほど、性に合う。

つい先ほども王自ら王都に出現した魔物の対処にあたり、街中で暴れるゴブリンエンペラーを三体仕留めてきた。
だが、老いた身体ではそれが精一杯――後のことはレイン王子（息子）と家臣たちに任せ、王城の尖塔の上で全体の戦況を見守り、時折兵の配置変更の指示を出す調整役に徹していたのだが――

「己（おれ）の治世もここまで、か」


今、現場の全ては実質、息子のレイン王子が執り仕切っている。

十五歳の成人時より、次代に国を担う者としての経験となればと諜報部隊の扱いと内政を任せてみたが――あの息子はすぐに想像以上の成果をあげた。

それならば、と【六聖】率いる【王都六兵団】の指揮権を与え雷竜討伐に赴かせたが、ものの見事に、いや、想像を絶する手際で事業を完遂して見せた。


あの息子は今や、王である自分よりも遥かに優秀だ――

最早、この国は自分がいなくなったとしても、上手く回るだろう。

今回の危機の事前察知も見事であったし、王都民全員避難の指示も申し分のない迅速さだった。

危惧された人的被害は抑えられ、出現した魔物の対処も苦戦はしているものの着実に進み、優勢に見えるまでに立て直した。

なのに肝心の王（じぶん）が、この有様（ザマ）では。


「この事態の全ては私の失策――許してくれとも言えん」

自身が皇帝との交渉の道筋を誤ったが故に招いた、最悪の国難。
それが今、目の前に迫り来る【厄災の魔竜】なのだ。
大陸に広く語り伝えられる破滅の象徴であり、具現した絶望そのもの。
王はその巨大な影を眺めながら、今ここに【六聖】(彼ら)がいればな、とふと思う。

――【剣聖】シグ。
――【盾聖】ダンダルグ。
――【弓聖】ミアンヌ。
――【隠聖】カルー。
――【魔聖】オーケン。
――【癒聖】セイン。

彼らは生死を分ける戦いを共にした家臣であり、また良き友であった。
誰よりも信頼できる仲間たち。
彼らが皆ここに揃っていれば、少しは希望が見えてきたのかもしれない。
だが、今【六聖】は全て王都の各所に出払っている。

王都の混乱を一刻も早く鎮める為、各方面に散り、それぞれの戦場で指揮を執っている。

――もう、昔とは違うのだ。

彼らは既に国家という枠組みの中の重要な役職を負う。

そんな人材を一箇所に固めておくわけにもいかない。


それに王都中が戦火に包まれたこの一連の騒動は、元々、クレイス王国の主戦力である彼らを分散させる為の大がかりな陽動だったのだろうと――今更ながらに思い返す。

そんなことは知れたことだった。だが、国民の命を守る為にはその陽動(さそい)にも乗らざるを得ない。

だから、王自ら、彼らに散って対処せよと命じたことに後悔はない。

敵の策の巡らせ方が、こちらより一枚も二枚も上手(うわて)だっただけのこと。


――だが、ここまで手段を選ばず容赦無く仕掛けてくるとは。

「本当に、すまないことをしたな」

本当に申し訳なく思う。

――この愚かな王に従ってくれていた国民に。
――愛した国を手渡せなかった息子と娘に。
――そして長い国の歴史を自身が途絶えさせてしまったことに。

己の失策で全てをこのような危機に追いやってしまったことを、王は深く悔いながら腰の鞘に納められた長剣を抜き、静かに構えた。

「罪滅ぼしとまでは行かないが、せめて――あれの片目ぐらい、頂いていくとするか」

伝説に謳われる【厄災の魔竜】。その片目。
死を賭して挑むのであれば、それぐらいいけるだろう。
倒すことは叶わないが――せめて爪痕ぐらいは、残してやる。
そんなことを考え、王は死を目の前にして尚、自分の血が滾る(たぎる)のを感じた。
それは一介の冒険者として仲間と共に迷宮に潜っていた頃の、懐かしい感覚だった。
それを自覚して王は苦笑した。

「――やはり、自分(おれ)は王の器ではなかったな」

自分はこうしてただ剣を構えている方が、ずっと性に合っている。

そんな愚かな人間であっても、この身に代えるならば、一矢報いること程度はできるだろう。

剣を握る手に力を籠めながら、最期の一撃を喰らわせる為、王はバルコニーの端へと一歩ずつ進んだ。

だが――その瞬間、【厄災の魔竜】の顎が大きく開いた。

その奥に眩く光るものを確認し、王はその足を止めた。

「せめて一撃、と思ったが……一矢報いることすら、許されんとはな」

魔竜の口から放たれようとしているのは伝説に謳われる『息(ブレス)』に違いなかった。

数々の山脈を吹き飛ばし、国を灼き、都市を平原に帰したと伝えられる【破滅の光】。

それはあくまで伝承に過ぎないなどと、笑い飛ばすことは決してできない。

見ればわかる。辺りの空間が歪んで見えるほどの異常な魔力密度。

それがもたらすのは言い伝え通りの『絶対の破壊』。

いくら魔法障壁を貼り重ねたところで、気休めにもなるまい。

あれをまともに放たれた瞬間、我が身はおろか王都全体が滅ぶ。


それを悟った王は瞬時に抵抗を諦めた。

「――すまんな、リーン」


王が死を前にして頭に浮かぶのは娘、リンネブルグのことだった。

息子レインは妹の身を案じ、幼少時に留学していた『神聖ミスラ教国』に送ることを決めたようだったが、もし、ミスラまで逃げ切ったとしても、多くの困難が待っていることだろう。

彼の国も魔導皇国と手を組んでいる。我が国を取り囲む周辺三国の中では幾分まし、という程度のものだ。

亡国の王族が辿る道など、知れている。

だが、あの男――『黒い剣』を受け取った男、ノール。

あの男と一緒であれば或いは、と。王子（レイン）もそう考えたのだろう。

幼少よりリーンの護衛を務める【神盾】イネスと共に行かせたという。

願わくば、あの子だけでもちゃんと生き延び、幸せな日々を過ごしてくれ、と。

そればかりを思う。


――呆れたものだ。

国が滅亡の危機に瀕しているこんな時に、一国の長が我が娘の心配ばかりしているとは。

やはり、自分は王失格なのだろう。


「だが――最後くらい、役目に忠実であらねばな」


そうして王は愛用の長剣を床に投げ捨てた。

そして、迷宮遺物の一つである『爆砕の魔剣』を握り直し――そこへ自らの全魔力を注ぎ込む。

全てを次の一撃にかける為に。

王は目の前の、竜の口の中へと飛び込む準備を始めた。

片目は叶わずとも、この身が消滅する寸前――あのブレスの発動だけでも止めてみせる。

後の道は、あの優秀な息子と家臣たちが必ず切り開いてくれる。

――そう信じて。

「――来い、魔竜。人の意地を思い知らせてやる」

そうして竜の口腔の奥が一際大きく輝き、周囲の空間が大きく歪み、伝説の【厄災の魔竜】の【破滅の光】がまさに放たれようとした、その瞬間――

王の視界の隅に何かが飛び込んでくるのが見えた。

「――何――？」

それは音もなく真っ直ぐにこちらへと飛来し、途轍もない疾さで【厄災の魔竜】の頭に吸い込まれ――

「パリイ」

途端に、魔竜の頸が大きく跳ね上がった。

同時に【厄災の魔竜】の口腔に凝縮された膨大な魔力が一筋の光となり王都の空に放たれ、その光は雲を引き裂きながら天空に弧を描き――彼方の平原に流星のように落ち、辺り一面を白く染め上げた。

遅れて訪れる、爆風。

石造の建物すら枯れ葉のように無惨に吹き飛ぶ途轍もない暴風に、木や煉瓦で作られた家屋は一瞬で押し潰され、崩れていく。同時に、辺りを照らす激しい閃光に眼を灼かれる。

だが荒れ狂う光と風の中で王は確かに見た。

巨大な顎を地面（した）へと向け、力なく落ちる竜の姿と――どこか見覚えのある一人の男の姿を。

その男はかつて王自ら冒険に携えた『黒い剣』を片手に、風に瓦礫が舞う中、【厄災の魔竜】と共に遥か下方へと落下していった。

34　俺は竜をパリイする

竜は落ちながら困惑していた。

――何故、自分は空から落ちている？

――何故、地面に向かって落下しているのだ？

自分は確かにあの目障りな、小賢しい小さき者共に向かって自慢の『光』を放ってやろうとしていた。そして『光』は放たれた。そう思っていたのに。

いや、そうに違いない。

何故なら、全てを滅ぼす自慢の『光』。それはちゃんと目の前で輝いている。

――ならば、何故？

自分は愚かしくも敵対心を見せるあの小さき者に喰らわせるつもりで、まっすぐに『光』を放ったのに。

何故それが空にある――？
そして何故自分は、それを眺めながら落ちている――？

空を逆さに眺めながら、竜はずっと疑問に思っていた。

水晶よりも硬い鱗で覆われた背中で石造の構造物を次々に圧し潰し、轟音を立てながら大地を破り地面に体を沈めても、竜はまだ理解できなかった。


――いったい、何が起こった？

訝しく思った。

これはおかしい。

これではまるで――自分が何かに弾き飛ばされたようではないか、と。

そして天高く舞う瓦礫と土埃の中、不思議に思いながら身を起こそうとした時、竜はふと、あるモノの姿を目にした。

黒い針のようなものを手にした、小さき者。
それは自分が光を放とうとした直前、目にしたモノだった。
それは、暴風が吹き荒れる地に静かに立ち、竜の姿をじっと見つめていた。

——ああ、これか。

これのせいか。
これが自分をこんなにした、原因。
自慢の美しい鱗に土埃を被せた、許し難き存在。

——そうか、こいつがやったのか。

それを理解した瞬間、竜は激怒した。
身体には一切の痛みもない。傷もない。
だが、どうにも赦せなかった。
この小さき者が何をどうやったのかは知らない。

どんな小細工を謀ったのかはわからない。

だが――――こいつは、今、何かをしたのだ。

そのせいで自分は自分が成そうとしたことを邪魔されたのだ。

竜はそう確信し、身体に怒りを滾らせた。

――――これは、絶対に赦せない。

怒りを込めた竜の唸りが大地と共鳴し、空を揺らした。

その怒りにそれといって特別な理由はなかった。

邪魔な物はなんであろうと、粉になるまで叩き潰す。

抗う者は切り裂き、気が済むまで噛み砕く。

それが竜の身体の奥に刻まれた本能のようなものだった。

竜がその気になれば、あれら小さき者共の身体など微塵も残らない。

それが絶対の結果であり数千年にわたるその竜の経験の全てだった。

だから、竜は小さき者の体軀の数倍はあろうかという自慢の爪を目の前の不快な生き物に迷い無く振り下ろした。

それを気ままに、圧し潰す為に。

だが――

「パリイ」


竜は最初何が起きているかがわからなかった。

竜の爪は確かに振り下ろされた。

竜は、数多（あまた）の山々を引き裂き、小さき者共のくだらない根城を幾つも叩き潰し、気に入らない同族をも切り裂いた自慢の爪を、加減することなく力一杯に叩きつけた。

轟音と共に大地が割れ、爪が深く沈み込む。

そして小さき者を難無く押し潰し一つの染みに変える。


――その筈だった。

だが、どういうわけか、その小さき存在は自分の爪で潰されていない。

それどころか、受け流しているように思えた。

――そんなことは絶対に有り得ない。

そう考えながら、竜はさらに巨大な質量を誇る、長大な尾による尾撃を喰らわせようと身を翻した。

竜はこれで、どんなに硬い鱗を持った同族と言えど叩き伏せ、粉々にしてきた。

あの小賢しい小さき者共など、一溜まりもない。

そう思って身体を大きく廻し、渾身の力を込めて尾を回転させる。

その過程で、小さき者共の作り上げた数百の棲家が、幾つもの石積みの壁が、粉塵を上げながら次々に潰れて壊れていく。

竜はその音を小気味良く感じながら、鉄よりも遥かに硬い鱗に覆われた自慢の尾を目障りな小さき者に存分に叩きつけようと力の限り振るった。

今度こそ、ひとたまりもないだろうと愉悦の感情で心を満たしながら。

だが――

「パリイ」

直後、竜は身体に違和感を感じ、気づけば地面に転がり仰向けになっていた。

何事かと思って眼球を回してみれば、空高く舞う自慢の長い尾が見えた。

「――?――」

何が起きたのか、まるで竜にはわからなかった。

そして――疑問に思った。

自慢の尾によって潰され跡形も無くなっているはずの小さき者が、何故かその場から動かぬままでいる。

動かぬどころか、片手に持った何か小さな黒いもの――いつも小さき者共が好んで手にしている、あの無意味な小さな針のようなものを手に持ち、まるで何事もなかったかのように静かにそこに立っているように見えた。

竜はこの不可思議な状況を訝しく思った。

――なんなのだ、これは。

一体、どういうことだ？

やはり、どう考えてもおかしい。光景が矛盾している。


これではまるで、あの弱者（小さき者）が、絶対的強者である自分の尾を軽く打ち払ったかのようではないか。


――いや、違う。

そんなことがあるはずが無い。

今のは何かの間違いであるに違いない。


――そうだ、と、竜はあることを思いつく。

最初からあれをすればよかったのだ。

自分の最も得意とする、自慢の『光』。

――『ブレス』を放つのだ。

そう思った竜は顎を開き、数百年間の眠りの中で蓄えた膨大な魔力を、急激に喉に集中させる。

すると周囲の空間がひしゃげたように歪む。

喉の奥で魔力が高まり、とても熱くなるのを感じる。
表情筋のない竜は心の中で嗤う。

――そうだ、これだ。
これならば、間違いようもない。
絶対に間違いなど起こらない。
起こるはずもない――

何故ならこうすることで消滅しなかった生き物など、今までいなかったのだから。
竜は数千年に及ぶ自らの記憶を呼び覚まし、自分の正しさを確認した。
そして、結論した。
これであの小さき者は終わりだと。
これこそが全ての生物の頂点たる竜（じぶん）に抗った愚か者の末路なのだと。
竜はそう信じて疑わなかった。
すぐに、竜の喉の奥に極大の魔力が収束し――臨界に達した。

そうして、数々の小さき者の国を跡形もなく滅ぼし、数多の山々を崩し、大地の形を変え、数千年にわたり様々な気に入らない敵を焼き払い続けた竜の自慢の『光』が——たった一つの「小さきモノ」の為に放たれる。

『——グァ』

一瞬で辺りが白く染まり、それに触れた者に確実な破滅を約束する一本の魔力線が竜の口から放たれ、目障りな小さき者へとまっすぐに伸びた。

さあ、これで何が起ころうとも終わりだ。

竜は確信と共に眼を細めた。だが——

「パリイ」

竜が渾身の力を込めて放った自慢の『光』はあっけなく上方へと弾かれ、空の彼方へと伸び、何処か遠くの見えないところに無意味な窪みを作っただけだった。

――――何故だ。

何故……こんなことが起きる？

訝しく思いつつ、竜はついに理解した。


やはり、間違いない。


こいつだ。

こいつが、先ほど自分が空中で放とうとした『ブレス』を邪魔し、こいつのせいで自分は破壊と蹂躙の欲望を満たせなかったのだ。

そして、竜はついに認めた。

これは――――この小さき者は『敵』なのだと。

自分を邪魔する、邪魔することのできる、それだけの力を持った不快な存在なのだと。

それも小さきモノの分際で。

傲慢にも竜である自分の『敵』として、前に立っているのだと。

それを知ることで竜は更に怒り狂った。

そんなことはとても不快で、赦せない話だった。

――――もう、どうなっても知らない。
いたぶりながら感じる蹂躙の愉悦もいらない。
こいつは、ただ完全に消滅させてやる。
切り裂き、嚙み砕いた後で何度も何度も、踏み潰してやる。
身体の欠片、肉片、骨片すら存在を赦さない。
完膚なきまでの、消滅。
それが竜に楯突いたものの末路であり、必到の結末。
例外は存在しない。この小さき者もそうなる。
そうする。

――――そうせずにはいられない。

『グゥアア――――』

咆哮と共に竜の破壊と蹂躙の本能が目覚める。

そこから、竜はその目障りな存在を叩き潰す為にあらゆる攻撃に己の全ての力を乗せ、全力で繰り出した。

もはや自らの身体が傷つくことも厭わない。

ただ、目の前の不快な小さき者が散り、消滅さえすればいい。

一撃を繰り出す度に地面が抉れ、大地は大きく揺らぎ、目に付く範囲の全ての小さき者の構築物は叩き壊された。

己の衝動が命じるまま、竜は見るモノ全てを破壊する。

こうなれば、後は身を任せるだけ。

気がついた時には全てが終わっている。

辺りは全て、風通しの良い瓦礫の平原となっている。

そうして全てを壊し、気分が良くなった後にまた寝床へと戻り――ゆっくりと眠るのだ。何百年でも、たっぷりと。


今回もまた、そうなる。そうに違いない。

竜は考えるまでもなく確信し、再び、愉悦の感情を心に滲ませた。

だが――

「パリイ」

小さき者への攻撃を何度も続けるうちに、次第に竜の怒りと愉悦は別のものへと変質していった。

疑問。疑念。

そして――戸惑い。

竜は目の前で小さな黒い針を構える小さき者を眺めながら、不可解に思った。

何故、この小さき者はまだ生きている――？

今、自分は全力で攻撃を叩き込んでいる筈ではなかったか。

否、叩き込んだ。

なのに何故、死んでいない？

何故、まだ動いている？

そして――

何故、自分の爪が、鱗が、こんなにも傷ついている？

決して傷つかぬ筈の――鉄よりも水晶よりも硬く、金剛石ですら傷つけることは難しい、竜(じぶん)の自慢の爪と鱗が。

まるで、木片か何かのように脆く傷ついている。

今まで、一度もこんなことはなかった。

そして、竜は更にもう一つの異変に気がついた。


この小さき者は先ほどから、自分に対して『殺意』を全く抱いていない。

ただの一度も、攻撃する素振りすら見せていないのだ。


――まるで竜を『敵』とすら認めていないかのように。

この竜が、この小さき者をちゃんと『敵』だと認めているというのに。


竜はいつも、敵意を持って向かい来る邪魔な者たちを取るに足らないモノとしてあしらった。

奴らの敵意など、そして『攻撃』など、竜にとってはなんの痛痒にもならない。

ならば、好きなだけやらせておけばいい――適当な時、気が向いた時、叩き潰すだけだった。

何故なら、あれらは弱者であるから。

あれらは『敵』ですらない。そう思って、竜は敵意すら持たなかったのだ。

確かに、そのような状況は記憶にある。

だが、今の状況は。
今、自分が何度も爪を振るっている状況は。
これでは、まるで――

――『弱者(じぶん)』が、『強者(小さき者)』に向かって爪を振るっているようではないか。

竜は激昂した。
そんなことは、認められない。
弱者(小さき者)に、そのような傲慢は許さない。
傲慢が許されるのは自分、強者のみである。
体の奥の深い部分に刻まれた竜の誇りが奮い立った。
それは数千年の時を勝ち続けた絶対者の本能だった。
それに従い、竜は金剛石をも噛み砕く、何よりも硬い自慢の牙で襲いかかった。

――

そして、小さき者は竜の咬撃を静かに待ち受け、その手に持った黒い針のようなものを握りしめ

「パリイ」

竜は剝き出しの牙を叩かれ、それが根元から折れる音を感じた。
そして頸をあらぬ方向にねじ曲げられ、再び空を眺めながら無様に地面へと転がされた。

「————?————」

竜はそのままの勢いで大地を砕き、地面に沈み込みながら今起きたことを反芻した。

怒りは既に、通り過ぎた。
次に沸き起こったのは疑問。
そして————すぐに確信に至った。
竜はついに、気がついた。気づかざるを得なかった。

————この世は強者が支配する。

『強者』は『弱者』を支配し『弱者』は絶対に『強者』に服従しなければならない。

それが竜が生きる世界の全ての原理であり、本能。

竜の生きる世界での唯一の論理（りくつ）。


だからその竜は竜であるが故に、本能のままに認めるしかなかった。


今、その『弱者』は自分であるということに。

今、自分は敗者であり、服従を強いられる側だということを。


そうして理解すると、竜は本能の命じるまま、敗者（じぶん）がとるべき行動をとった。

即ち、頸と腹を地面に寝かせ、頭を地面に擦り付け眼を閉じる。

目の前に立つ小さき者に対し、頸を差し出すようにして、蹲（うずくま）る。

そうしてその後、動くことを辞めた。


――竜はその時、生まれて初めての服従の姿勢をとったのだった。

35　王都市街の戦い

辺り一帯に立ち昇る噴煙。

高くそびえていた王城は脆くも崩れ去り、暴風に瓦礫が舞う。

今、その向こうで【厄災の魔竜】とノール先生が戦っている。

直接、先生の姿を見ることはできないが凄まじい光景だ。

魔竜が一つ動きを見せる度に地震が起き、王都の東区画の建造物が瞬く間に破壊され、目の前の家屋が崩れ落ち、辺りは次々に更地と化していく。

何より、時折竜から放たれる、とてつもなく強力な魔力線——あれが伝説に謳われる魔竜の『破滅の光（ブレス）』。

それらが幾つも遠くの平原に落ち、穴を穿っている。

周辺の地形が変わるような戦闘が、向こうでは繰り広げられている。

まるで英雄譚からそのまま抜き出したかのような死闘だった。

あれが人と竜の闘いなどとは到底思えない。

だがノール先生は確かにあの魔竜と戦っているのだ。

竜が執拗に攻撃を繰り返しているのがその証拠。


先生は王（ちち）を連れて逃げると言っていたが、あの様子では簡単にはいかないだろう。

いくらノール先生でも一人で何もかもができるとは思わないし、クレイス王家の者としても、彼一人に全てを背負わせるようなことはできない。

だからせめてもの加勢にと、ノール先生に少し遅れ、私とイネスも馬車を棄てて馬に跨り、ロロを連れて三人で街の内部へと急いでいた。


王都の市街はこれまで見たことのない程に破壊され、つい先日の面影すらないが、幸い、辺りに人影はない。

おそらく皆が安全な場所に避難できているのだろうと思い、一瞬安堵するも、すぐにイネスの声に目を覚まされた。

「そこに何か、います——警戒を」

咄嗟に振り向き、その存在を確認すると私の身体は凍りついた。

「―――ッ―――!?」


そこに居たのは見上げるような大きさの『ゴブリンエンペラー』、三体。

『ゴブリンエンペラー』は先日、ノール先生でさえ倒すのに苦労した規格外の怪物。

それが突然、同時に三体も現れたことに私は激しく動揺した。

……ここに何故、あれほどの数が？

私たちが倒した一体だけではなかったのか。


私の動揺を見透かすようにして、そのうちの一体が巨大な手で瓦礫を掬い上げると、それを私たちに投げつけた。

反応するタイミングが遅れ、馬が瓦礫に無惨に頭を砕かれる。

そうして馬を失い、宙に放り出された私たちをすぐさま俊敏な『ゴブリンエンペラー』の群れが襲うが、魔物たちは咄嗟にイネスが作り出した『光の盾』に阻まれた。

「助かりました、イネス」

「……リンネブルグ様。私から、離れないでください」

私たちは何とか立ち上がり姿勢を整えたが、イネスの声は強張っていた。

イネスの『盾』がある以上、ゴブリンエンペラーたちはこちらに手を出せないが、こちらも迂闊に動けない。

見上げるような体軀の化け物たちに囲まれると、思わず私は恐怖で脚がすくみ、動けなくなった。

この感覚は初めてではない。最初にこの魔物と対峙したあの時もそうだった。

……でも私は先生と共にあの怪物を討伐した。体は動いたのだ。

あの時、私はどうして戦えた?

何か言葉を貰ったからだった気がする。

もし、先生がここにいたならば……こんな風に情けなく怯える私に何と言うだろう。

確か、あの時は――

「……臆することはありませんよ、イネス。相手はただのゴブリンです」

無理矢理にでもそう口に出すと、私の脚の震えがおさまった。

「……確かに、あれに比べれば、ただのゴブリンですね」

イネスも瓦礫の上に蠢く巨大な竜を見上げ、私の言葉に同意した。

――そうだ。

ノール先生は今、何と戦っている？

あの伝説の【厄災の魔竜】と対峙し、死闘を繰り広げているのだ。

そんな人から学ぼうという私が、たかがゴブリン如きに臆しているようでは。

きっとまた、先生に呆れられてしまうに違いない。

「冷静に対処しましょう。まずは、一体ずつ動きを止めます――【氷塊舞踊(アイシクルダンス)】」

私は地面から無数の氷の塊を作り出し、ゴブリンエンペラーたちを地面に氷で縫い付けようとした。

だが、相手は素早い。何度繰り返しても当たらない。

ノール先生ならともかく、あの速さには追いつけない。

私の額に冷や汗が流れた瞬間、私たちの背後にいた魔族の少年ロロが、一歩前に踏み出し、口を開いた。

「……ごめん――そこから、『動かないで』」

「ゲギャ」

するとその瞬間、一体のゴブリンエンペラーの動きが止まった。

「【氷塊舞踊(アイシクルダンス)】」

動きの止まった一体の足元に、私は氷の塊を発生させた。
私の生み出した氷柱はゴブリンエンペラーの脚を破壊しつつ凍りつかせ、地面に固く縫い留めた。

「イネス」

「はい」

そして、イネスは私たちを覆っていた『光の盾』を解き、代わりに長大な『光の剣』を生み出して、それを静かに振った。

「【神剣（ディバインソード）】」

光の膜が水平に走り、ゴブリンエンペラーの首が飛んだ。
同時に、周囲の建物が全て横に切断され、粉塵を立てながら崩れ落ちた。

「――――まず、一体」

イネスはゴブリンが動かなくなったのを確認すると、光の剣を消し、再び盾に戻した。
イネスの『恩寵』【神盾】で生み出せる『光の膜』は、剣として用いれば王類金属（オリハルコン）の鎧ですら容易に斬り裂く、絶対切断の武器となる。

――――【神剣】イネス。
それが【神盾】と並んで王家より与えられた、彼女のもう一つの称号。……そんな人物が傍にいたことを忘れるぐらいに、私は動転していたらしい。

「あと、二体」

残ったゴブリンエンペラーたちはイネスが薙いだ『光の剣』を避け、高く跳躍していた。
そのまま空中から私たちに襲い来るゴブリンエンペラーたちを、イネスが『光の盾』で受け止め、弾く。

「……ごめん――もう『動かないで』」

そして着地の瞬間、ロロが再び魔物たちの動きを止めた。

あの巨体がただ命じられただけで本当にピタリと止まった。
彼が先程まで、私たちに怯えていた子供だとは思えなかった。
魔族が……それもこの少年がここまでの力を持っているとは。
魔族が種族として世界中で恐れられているのもよくわかる。
私も正直、彼に恐れを抱いてしまう。
でも、この子はきっとノール先生を助ける為に、ここまでついてきてくれたのだ。
あれだけ怖がっていたのに。勇気を振り絞って、ここに立っている。

「【氷地獄（コキュートス）】」

私は再び地面を急激に冷やし、動きの止まった相手を氷の彫像にする。

そうして、私が氷で地面に縫い付け、イネスが頭を切断する。

「これで、三体」

私たちが『ゴブリンエンペラー』を全て倒し切る頃、ふと辺りに鳴り響く轟音が止んだ。

粉塵を上げながら街の上で暴れまわっていた竜の頭が、見えなくなった。

「――――先生？」

音が止み、竜の姿が見えなくなったということは、つまり――――。

「まさか」

きっと、終わったのだ。人と竜の闘いが。

どちらかが勝利し、どちらかが負けたのだと思う。

でも、私にはある予感があった。

おそらく――――ノール先生が、勝利している。

でも、同じだけ胸騒ぎがした。

いくらノール先生とはいえ……あの竜と戦って無傷ではいられないだろう。

どんなに強靭な人物であれ、あれとまともに戦って無事で立っていられることなど、ありえない。


「……急ぎましょう」

「はい」


私たちは街中に次々に出没する魔物を払いのけながら、未だ粉塵が霧のように立ち昇る王都の中心部へと急いだ。

36　竜との対話

「――――死ぬかと、思った」

……本当に、死ぬかと思った。

リーンの魔法を受け、ここに吹き飛ばされてくる時、あまりの威力に俺は一瞬気を失った。

気がついた時にはもう、眼前に地面があった。
そして自分の身体が、空中を水平に飛んでいるのを感じた。
意識を取り戻した俺は、その状況の意味を即座に理解した。
（このまま墜落したら――――死ぬ）

俺は必死に地面を蹴るようにして走り、なんとか墜落を免れた。

だが、ホッとしたのも束の間――今度はとてつもない勢いで目の前に王都の城壁が迫ってきた。

俺は城壁(それ)にぶつかる寸前、両足で思い切り地面を踏み込み本当に死ぬ気で跳躍すると次の瞬間には城壁を乗り越えて、なんとか助かった……と、思った矢先。

――今度は目の前に、あの竜の頭が現れた。

さっきまであんなに遠くに見えたのに、もう目前にいた。

俺は夢中で『黒い剣』を振った。

竜の鱗は硬そうだった。ぶつかったら、城壁よりも、もっとずっとまずいことになるのは明白だった。

そうして、なんとか剣をぶつけることで俺は竜の頭に身体を激突させることなく勢いを殺し、クッションの役目を果たしてくれた竜と一緒に地上へと落ちていったのだが。

――でもそれからが、大変だった。

気がつけば、俺は暴風の中に瓦礫の舞う地上で、竜と向き合う格好になっていた。

「――これは……まずい……よな？」


俺は巨大な竜が地響きのような唸り声をあげ、まっすぐこちらを見つめている状況に困惑した。

そこまでが一瞬の出来事すぎて、何が起こっているのか正直よくわからなかったが……俺はどうやら、あの竜を怒らせてしまったらしい。


――そう、あれは『竜』だ。


俺ですら知っている、御伽噺や伝説には必ずと言っていいほど出てくる超常の怪物。

見るのは初めてだが……本当に、でかい。

想像していたよりもずっと凶暴そうで、遠くで見た時よりもずっとずっと大きい。

そんな天を衝くような巨体が、俺を潰そうと爪を振り上げるのが見える。

だが、そんな巨大な生き物の動きを俺は奇妙な気分で眺めていた。

人と竜というのは想像以上に絶望的な体格差で、俺などあの鼻息だけで飛ばされてしまいそうだし、踏まれたら簡単に死んでしまうだろうと思えた。

そんなものと向き合った時点で、俺はもっと恐怖を感じなければおかしいはずだったのだが。

不思議と、目の前の竜がそこまで怖いとは感じられなかった。

俺に爪を振り下ろす竜の動きが、とてつもなくゆっくりにすら感じる。

……ここまでとんでもない速さで吹き飛ばされ、何度も何度も死を感じ、俺の中で何かが麻痺してしまったのだろうか。あまりにも恐怖を感じない。

まあ、あの竜は確かに大きいが……大きいだけあって次に何をしようとしているのか、はっきりとわかるし、あの攻撃を避けるぐらいならできるかもしれない。

そう考え、まだ少し眩暈を覚えながらも、落ち着いて『黒い剣』を構え、俺は頭の上に落ちてくる竜の爪を思い切り叩いた。


「パリイ」


強烈な手応えと共に、轟音。

竜の巨大な爪は俺を潰すことなくすぐ脇に落ち、そのまま地面を砕きながら沈んでいった。


――案外、簡単に受け流せたと思った。

もちろん、見た目の通り、とてつもなく重い。暴れ牛やゴブリンとは比べ物にならないほどに強烈だ。でも、想像していた程の重さはないと感じた。

単純な衝撃の強さで言えば、俺をここまで吹き飛ばしたリーンの一撃の方が格段に強烈だった。

……あれを喰らった時は意識が飛び、本当に死を間近に感じたが。

それをまともに喰らっても俺はこうしてちゃんと生きているのだ。

そう考えると、この竜の爪ぐらいなら、さほど恐れることはないのかもしれない。

そんな風に思い、そこから俺は俺は【ローヒール】で身体を癒しながら、とにかく死なないことだけを考え、必死に襲い来る攻撃を受け流した。

最小限の動きで相手の攻撃を躱しながら弾き、たまに飛んでくる瓦礫や岩の破片を避ける。

そんなことの繰り返しだが、竜の攻撃方法はそんなに種類がなく、意外と慣れてしまえばそこまでの苦労はなかった。

……たまにくる、周囲の建物全てを薙ぎ倒しながら迫ってくるあの巨大な尻尾の一撃だけは本当に怖かったが。

それと、竜は口から強烈な『光』を吐き出すが、それもどういうわけか俺の持っている『黒い剣』で弾くことができた。

前々から不思議に思っていたが、いくら硬いものに当てても新しく傷がつくような気配はないし、本当になんなんだろう、この剣は。

多少余裕が出てきて、俺がそんな考え事をしながら剣を振っていた時だった。


「――グゥァ……」


突然、目の前の竜が攻撃をやめて大人しくなった。

俺は思わず助かった、と安堵したが、目の前で蹲る竜を見つめて不思議に思った。


「一体、何が起きたんだ……？」


急に地に伏した竜はそこから動こうとしなかった。

目は少し開いていて眠っているわけでもないし、疲れて倒れ込んだというわけでもなさそうだ。

敵意はもう感じない。

ただ、じっとこちらの様子を伺っているように見えた。

俺は一体どうしたものかと少し戸惑いながら、唐突に目の前に差し出された巨大な竜の頭と頸を眺め、ある話を思い出した。

俺が幼い頃に聞いた冒険譚では主人公の英雄は、対峙した巨大な『悪竜』の頸を切り落として退治し、皆から『竜殺し』と讃えられる存在になった。そして討伐されたその竜の鱗や爪、牙や骨は非常に良質な武具や薬などの材料となり、その土地に大きな富と潤いをもたらしたという。父はよく、幼かった俺に何度もそんな英雄の物語を話してくれた。

俺も、そんな竜討伐の物語の主人公のようになりたいと何度思ったことか。

そこまで思い出し、俺はふと考える。


「……竜の頸、か」


この状況、もしかすると千載一遇のチャンスなのではないか、と。

今、俺がこの巨大な竜を討つことが出来れば、憧れていた英雄譚の英雄にだってなれるのでは……？

そんな妄想が頭をかすめるが、俺は大人しくなった竜の顔を見て思わず首を横に振った。

「……こいつを殺すのは、俺には無理だな」

この竜は間違いなく『悪竜』だ。

今だって数え切れないほどの家々を壊したし、もしかしたらもう人だって沢山殺しているかもしれない。


でも、今、この竜からは敵意は全く感じられなかった。

さっきまで大地を揺らすほど鳴り響かせていた唸り声も今はだいぶ穏やかになり、かなり機嫌よくなっていると感じた。

それどころかどうにでもしてくれと言わんばかりに自分の頸を俺に差し出し、目を合わせると何かを真剣に訴えかけてきているようにさえ思える。

竜が静かに響かせる声は、聞き様によっては故郷の山で俺に懐いてきた小さな動物が出すような甘えた声にも思えてくる。


……そう考えだすともう、駄目だった。

この竜を殺すのが何だか可哀想に思えてきてしまう。

食べる為の獲物や、畑を荒らす害獣や、俺を餌と見て襲ってくる動物を殺すは別に苦にならないのだが。

こんな風に親しげな素振りを見せてくる動物を殺すのは、やはり少し苦手だ。

先ほどまで恐ろしい程に暴れ狂っていた時ならばともかく、もう、俺はこいつを殺せない。
第一、俺の持つ剣は斬るのには全く向かないし、こんなに太い頸など斬り落とせないだろう。

俺は目の前に伏した竜を殺すことを完全に諦め、剣を握る力を緩めた。

「……俺は、とても物語の英雄にはなれそうもないな」

……それにしても。
一体、何故こんなに急に変わったのだろう。
あれ程狂ったように攻撃を繰り出していた竜がいきなり大人しくなった。
いくら考えてみても、一向にそれらしい理由が見つからない。

「――先生、ご無事でしたか……!?」

だがその時、ふと背後に聞き覚えのある声を耳にし、俺は振り返った。
そうして、やっと俺は今起きた状況を理解した。

「なるほど……そういうことか……？」

そこにはリーンとイネス、そして魔物を操る不思議な力を持つ『ま族』の少年、ロロの姿があった。

「……えっ……？」

「ああ、なんともない。大丈夫だ」

「先生、お怪我は……!?」

彼女の放った魔法の衝撃で全身の骨にヒビが入ったが、それは竜の攻撃を避けている間に【ローヒール】で治せたし、問題はない。

しばらく不思議そうな顔で俺を見ていたリーンだったが、それはさておき、俺はとりあえずロロに感謝を伝えることにした。

「ロロ。おかげで、助かった。本当に命拾いした」

「……えっ…………なんの話？」

今度はロロが心底不思議そうな顔をした。

「……ロロじゃないのか？　この竜を大人しくさせたのは」

「ち、違うよ……!?　そんなの、ボクじゃない」

「……何？」

ロロは驚いた表情を浮かべて、首を横に激しく振った。

本当に……違うのだろうか？

でも彼以外に、竜が大人しくなった理由が考えられないんだが。

「……違うのか？　本当に？」

念の為、もう一度尋ねると、ロロは必死に頭を身体ごとブンブンと縦に振った。

そうして、彼は必死に否定するが……いやいや、そんは筈はないだろうと思う。

やはり、あれはロロの仕業なのだろう。

辺りを見回しても俺たちの他には誰も見当たらないし、ここに魔物を操る能力を持った人間など、彼以外にいないのだ。

　どうやら、この子は「自分の力を恐れる人間もいる」と言って妙に怯えていたみたいだし、これほど巨大な竜を操ったということを知られたら、俺たちにも怖がられるとでも思っているのかもしれない。

　でも、そんなのずっと隠し通せるものではないし、素直に認めればいいのになと思うが。

　……まあ、本人がどうしても認めたくないというのなら仕方ないが。


「まあ、いいか。ロロがそう言うのなら」

「うん……これは、絶対にボクじゃないよ」

「そうだな。そういうことにしておこう。それはそれとして……一つ、頼みがあるのだが」

「……頼み？」


　とりあえず、そういうことにしてあげて、俺は竜を操った彼に一つ、願いを聞いてもらうことにした。


「出来れば……この竜を、元の住処に帰してやれないだろうか」

「元の住処に……？」

この竜は、ここに留まっていればいずれ誰かに討たれるだろう。
当然こいつはとんでもない害獣の類だろうし、その方が世の中の為にはいいのかもしれない。
でも、まずいことだと思いつつ……妙な情が湧いてしまった。
少し無茶を言っているのはわかるが、できることならこっそり逃がしてやりたい。

「でも先生。この竜は」

リーンが不安そうな表情で俺の顔を見た。

「……確かに、ここでこいつを殺しておいたほうがいい、というのは俺にもわかる。でも出来れば
……俺はこの竜を殺したくないんだ。かなりの我儘を言っているのはわかっているが……なんとか、
ならないだろうか？」
「…………わかりました。先生がそうおっしゃるのなら」

リーンは少し考えた後、俺に同意してくれたようだった。

「……ロロ、できますか？」

「……わからない……これぐらいになると、素直に言うことを聞いてもらうのは難しくて……でも、なんとか『話』をして、お願いするするぐらいならできるかもしれない」

そう言ってロロは地面に頸を横たえる竜の下へと進み出た。

どうやら、なんとなく自信のないフリをしながらも、やってくれるらしい。

別にそんな演技もいらないというのに。


「じゃあ、頼めるか？」

「……うん。やって、みる」


だが、考えてもみれば、むしろ彼の態度は立派とも言えるのだろう。

ロロはこれだけ優れた才能を持ちながら、決して無闇に他人に見せびらかそうとはしない。

ちょっと隠しすぎな気もするが……でも、この歳でそこまで奢らず謙虚に生きることが出来るのは大したものだと思う。

この年頃の少年であれば、もう少し増長してしまってもいいぐらいなのに。

彼は決して持てる能力を笠に着て、偉ぶろうとはしない。

とはいえ彼の場合、もうちょっと堂々としても良さそうなものなのだが……俺はそんなロロの人柄には好感を持っている。

「……じゃあ、いくよ……！」

そうしてロロが竜に近づき、何やら無言の『対話』とやらを始めると竜が低く唸った。

「…………えっ？」

すると、すぐにロロは小さな叫び声を上げ、俺の顔を見た。

「どうした？」

「わ……『我が主(あるじ)』の命なら何でも聞くって」

「それは……すごいな」

最初から結果はわかっていたが、流石に少し驚く。

……本当に、末恐ろしい子供もいたものだと思う。

やはりこの子は将来、とんでもない大物になる。

あと、この若干暗い感じの性格さえなんとかすれば、きっと将来、かなりの人気者になることだろう。

「それなら、竜に大人しく棲家に帰ってもらえるように伝えてもらえるか？　……あと欲を言えばついでに、できればこれから人になるべく危害を加えないように頼んでもらえると助かるんだが」

「……う、うん……言うだけ、言ってみる」

そうしてロロがまた竜に向き合い、眼を閉じた。

どうやら、あれで何かを伝えているらしい。

しばらくすると竜は低く唸り、巨大な身体を持ち上げた。

「今ので、伝わったのか？」

「……うん。わかったって。全部、言う通りにしてくれるみたい」

「……す、すごいな」

「……うん……すごいね」

そうして、竜は大きな翼を羽ばたかせると嵐のような風を巻き上げ、空へと勢いよく飛び立った。

「――――凄い」

「本当に、こんなことが――――?」

リーンとイネスは飛び去る竜を茫然と眺めていた。

そしてロロと俺も去っていく竜を見送ると、互いに目を合わせた。

「……行ったな」

「……う、うん……」

俺たちはしばらく無言で遠ざかる黒い竜の背中を見つめていた。

これで大きな危機は去ったのだと、少し安堵しながら。

だが突然、視界に強烈な赤紫色の閃光が走り、一瞬で空が真紅に染まり――――

「――――何だ――――?」

俺たちが見守る中、東の空へ飛び去ろうとしていた竜は、突如空に走った一筋の赤い『光』に呑み込まれ――全身を焼かれて頭から地面へと落下し、大地へ轟音を立てながら沈んだ。

37　魔導皇国の進軍

「笑いが、止まらぬ——こうも思い通りの展開になろうとはな」

皇帝は目前に広がる王都の光景を眺めながらひどく上機嫌だった。

『魔族』に洗脳させた魔物を王都内に解き放ち、同時に伝説の生物【厄災の魔竜】をクレイス王国の首都にけしかけ、壊滅させる。

その直後に大規模編成の皇国軍を派遣し魔竜を討ち取り、王国を『救済』の名目で支配する。

臣下からその侵略計画（プラン）を聞かされた時、皇帝は胸が高鳴った。

実際には【厄災の魔竜】は少し暴れた後、すぐに意識を取り戻したらしく、王都を壊滅させることなく飛び去ってしまったが——まあ、それはいい。

最初から、あの竜にはそこまで期待はしていなかった。

伝説など尾ひれがつくものだ。

むしろ、あの不気味な『異族使い』の男に支払った金額の割には大いに役に立ったというべきだろう。

皇帝は土煙の舞う王都に竜が沈み込むのを眺め、笑みを浮かべた。


「数千年を生きた竜とて、所詮は畜生――我が駒に過ぎぬ」


竜は皇国の新型決戦兵器『光の槍（ブリューナク）』の一撃を喰らい全身を灼かれ、力なく地上へと落ちていった。

ミスラ教国から提供を受けた魔石『悪魔の心臓（デモンズハート）』によって飛躍的に性能が向上した。

ミスラの女教皇（女狐）があの希少な魔法資源を独占している今の状況は気に入らない。

だが、あの女が協力を申し出てきたのは僥倖（ぎょうこう）だった。

我らを侮っていると言い換えても良いが、まあいい。

あれらもいずれ、自分のものになる。


「まず、王国（ここ）を墜とすところからだ」

――ここまでは概ね、予定通り。

我が国の優秀な研究員たちが死力を尽くして開発した「広範囲【隠蔽】魔導具」『ギュゲスの指輪』を使い、クレイス王国の王都まで何の苦労もなく踏み込んだ皇国軍は、魔竜の『破滅の光』ですら防ぎきる、移動型魔力防壁生成装置『英雄の盾(イージス)』三機と、魔竜の鱗すら焼き貫く魔力砲『光の槍(ブリューナク)』を四門引き提げてきた。

あの伝説に謳われる竜『破滅の光』が火遊びに思えるほどの超高出力魔力線放射兵器に加え、それを運用する魔術師兵団。そして徴用したばかりの新兵すら一騎当千の兵に変える新型装備――鉄をも容易に切り裂く【魔装剣(マジックソード)】と、あらゆる魔術を無効化し、矢も斬撃も弾き返す力場生成盾【魔装盾(マジックシールド)】を手にした兵を九千揃えた。

更に厳しい選抜によって選ばれた精鋭たちには、中級魔術師の攻撃魔術に匹敵する威力の遠距離攻撃を連発できる【魔装砲(マジックキャノン)】と、そして魔法攻撃をほぼ無効化できる【魔装鎧(マジックアーマー)】を持たせてある。

その精鋭兵の数すら千を超える。

あわせて、実に万を超える軍勢。

対して、クレイス王国の王都の人口は四万に満たず、その中で戦える人員など常時配備される【王都六兵団】に加え、流れ者の冒険者の自警団を含めたところで、二千人にも及ばない。

その上、この混乱の中でまともに戦える者など何名いるのだ？　多めに見積もっても、せいぜいが数百人といったところではないのか。

――質にも数でも勝る圧倒的な戦力差。


皇帝は、こみ上げる笑いを抑えられなかった。

魔導具の技術を極めつつある我が皇国にもはや、敵はいない。

今回はそれを世界に知らしめる為の進軍だ。


この後の筋書きは、もう出来ている。

クレイス王国は愚かにも『還らずの迷宮』の管理を怠り、迷宮内の魔物を街中に出現させるに至る。

不要な欲を出し【厄災の魔竜】の怒りを買い、自滅しかかっている愚かな国。

我々皇国軍はそんな狂った政治を行う愚昧なクレイス王から、彼の国の人民を、そして世界に名だたる最重要資源である『還らずの迷宮』を解放する為にやって来たのだ。

我らは、さしずめ愚かな王のせいで破滅した国に手を差し伸べる『救世軍』といったところか。

そう、我らは危機に瀕した者を救う為にここにやってきたのだ。

「なればこそ、きちんと壊滅してもらわねばな」


いっそ更地になってくれた方が、その後の運営はやりやすい。

皇帝はこの地に新たな都を、新たな魔導具研究所を建設するつもりだった。

その為には今あるものなど、全て消えてしまった方が都合が良い。


もちろん、無駄に愚王に対する忠誠心の高い王国民なども、後に残る火種となる。

それらはもちろん皆殺しだ。

救済したと説明に足る最低限の人数だけ生かし、あとは殺せば良い。

皇帝はそう考えていた。


だが、非情の皇帝とて王都が壊滅して失われるものを冷静に考えると、少し惜しくはある。

クレイス王国の首都が全て破壊し尽くされれば、過去に発掘され、王城の宝物庫に眠ると言われる数々の迷宮遺物も瓦礫の下に埋もれることになる。

探せば回収できるものもあるだろうが、壊れて使えなくなるものも出てくるに違いない。

惜しくはあるが、それは諦めるしかない。

惜しいことは惜しいが、あの抜け目のない愚王が大して活用しないところを見ると、さして有用なものではあるまい。

「だが――――あれだけは惜しい」


『還らずの迷宮』の最深到達階層で得られたという『黒い剣』。

あれだけは惜しい。あの遺物だけは特別だ。

どんな物でも、どんな魔法でも傷つけることの適わない未知の金属。

その材質や製法を解きあかせれば、世にある武器や軍事機械は飛躍的に進歩する。

決して武器でも魔法でも傷つかない鎧も。竜の鱗でさえ簡単に貫く剣も。

現在知られている金属では実現不可能だと思われている、都市一つを蒸発させるほどの魔砲兵器。

他にも、何にでも応用が利く。

あれは世界を変える力を持っている。

我が手元にさえあれば、文字通り世界に革命が起こせるのだ。

きちんと解析して製造技術を確立すれば、誰にも打ち破れない『無敵の軍隊』を作り出すことも夢ではないのだ。

――それだけに、惜しい。

無知で愚かな王の手に渡ってしまったのが、あの超級遺物の不幸だったといえよう。

あの王は最後まであれの供出を拒んだ。どれだけ要求しても、我が目に触れさせることすらしなかった。

危機を感じた今はもう、誰の手も届かぬところに隠してしまっている可能性も高い。このまま発見されることがなければ、その潜在する力が全く発揮されることなく歴史に埋もれてしまうかもしれない。

だが、と皇帝は考える。

瓦礫の中から『黒い剣』を見つけられなくとも、最悪、それを産出した迷宮さえあれば良い。

化け物揃いの王国民が総力を挙げて数百年探索し続けても未だ未踏破の『還らずの迷宮』。その最深到達階層の更に奥になら、まだ同様の材質で製造された遺物が眠っている可能性も十分にあるからだ。

進歩した兵器を携えた軍で徹底的に攻略し、奥底に眠る遺物を根こそぎ手に入れるのであれば、それを見つけるのも難しいことではないだろう。

もしかすると、『最古の迷宮』と呼ばれるあの迷宮には、もっととてつもない遺物が眠っている可能性だってある。

そうなれば、我が皇国は更に爆発的に飛躍する。
それがこの世界全体にとって、どれ程の成長の糧となるか、どれ程の恩寵となるかは計り知れない。

あの愚物には、それがわからぬのだ。
あのモノのわからぬ愚か者の王はこちらからの温情に満ちた提案の悉くを撥ねつけた。
だから、滅びる。
奴についていた臣下は一人残らず滅びる。
愚王の都はその取るに足らない歴史とともに潰えて廃墟となる。
後には何も残らない。
それは他国への良い見せしめとなる。

「歴史に複数の語り部は要らぬ――――真実は一つあれば良い」

これより皇国の勝利の歴史のみが語られる。
勝者の語る歴史が、唯一絶対の真実。
事の顛末を語る証言者は、皇国だけで良いのだ。

それ以外を語る口など、要らない。

もし王国民の生き残りがいたとしても、口封じをした上で、最後には奴隷にでも売りに出せば良いだろう。

商業自治区サレンツァの商業ギルド頭目とはすでに話がついている。

難民は好きに「仕入れ」て良いと。

余計なことを語るものがあれば、語りそうな口があれば、残らず塞げ、と。


「それにしても、随分残ったようではないか」


風が吹き、舞っていた土埃が次第に取り払われ、少しずつ、目標の街の姿が露わになる。

思っていたほど、愚王の都は崩れていない。

竜は短時間とはいえ派手に暴れまわったように見えたが、壊されたのはせいぜい四分の一といったところか。

大殺戮の成果を見込まれていた竜は、期待外れの働きに終わった。

王都の民はまだ半分にも減ってはいないだろう。

このまま行けば皇国軍がかなりの『反乱勢力』を殲滅することになるだろう。

それも些(いささ)か手間だ。だが――

「それもまた、一興」

皇帝は白毛の混じる髭を撫でながら嗤う。
これから行われるのは、一方的な殺戮の宴。
我が皇国軍に刃向かえるだけの力は、相手にはない。
世界各地から集まる冒険者とて、所詮は有象無象の集まり。
魔導兵器を完全配備した皇国軍の敵ではない。

だが、少し気になる者たちはいる。
豊富な経験を積み上位スキルを身につけ、異常とも言える力を備えた者たち。
その中核となる――【六聖】。

【千剣】のシグ。
【不死】のダンダルグ。
【死神】カルー。

【天弓】ミアンヌ。

【九魔】のオーケン。

【聖魔】セイン。


あれらは皆、化け物だ。

さらには【不死】の教え子【神盾】イネスと【千剣】の右腕、【竜殺】のギルバートの存在。

王子と王女も今やそれに並ぶ力をつけているという。

そして、認めたくはないがあの愚王もまた大きな武(ちから)を携えた者。

なればこそ、今まで野蛮にも腕力にモノを言わせ、皇帝(この自分)に対して傲岸不遜な態度を取り続けてきた。


——忌々しい。

あの化け物じみた、個の力。

奴ら、クレイス王国はそれらのおかげで独立を保っていた。

「だが、それも今日で終わり——時代は、大きく変わったのだ」

これまで皇帝は数々の迷宮を擁する泡沫国家を、一方的に蹂躙してきた。

徴兵で大量の貧民を確保し、迷宮遺物を研究して得られた知見を余すところなく注ぎ込んだ最新鋭の魔装兵器を量産し、全員に持たせ、進軍させた。

それだけで、相手の国の軍隊はなす術もなく散った。

今や、軍事力は練兵などに拠らず、『力』は叡智によって生み出せるのだ。

その証左が、今皇帝が引き連れている万の兵。


今までは他国を侵略するのにはせいぜい千の兵も揃えれば十分だった。

だが、今回は示威行動（デモンストレーション）も兼ねている。

世界最強の軍がここに誕生したのだという事実を知らしめる為の進軍。

その為に、最新の装備を一万揃えた。

仮に生き残る者がいたとして、二度と歯向かおうという気を起こさせない為に恐怖を植え付ける為の過剰戦力。

言わば、魔導皇国に楯突いた愚か者の末路が、どういうものになるのかを永遠に語り継がせる為の見世物だ。

「――これは、見物だぞ」

皇国が極めた魔導科学が、時代を超えた畏怖の象徴【厄災の魔竜】を討ち倒し、古臭い『伝統』に縛られた愚かな国家を支配する。

もはや、『伝説』など時代遅れのものでしかないことを世に知らしめるのだ。

自らの行いによって滅びを招いた、愚かなクレイス王の醜聞と共に。

「陛下、あそこに」

「何だ」

脇に控えていた近衛兵の一人が指差す方向に数人の人影が見える。

【遠見】の魔導具を覗き込むと、そこにはこちらを鋭く睨みつける、銀色の鎧を身にまとった女の姿があった。

皇国軍に掛けられた【隠蔽】はすでに、【隠蔽除去】で解除されているようだった。

「あれは、何だ」

「――【神盾】、イネスです。間違いありません」

皇帝は舌打ちをする。

「やはり、あの女がここにいるのか」

あの女は世界に名だたる生ける伝説の一人。

文字通り『神』の恩寵を与えられし存在。

【六聖】は文字通りの化け物だが、【聖】の上の名【神】を冠するあの女はその上をいく化け物だ。

生身で竜のブレスを防ぎ、何も持たずに『王類金属（オリハルコン）』を切断する、化け物の中の化け物。

あれが、いたからか。竜がろくに働かなかったのは。

「いや――ちょうど良いではないか」

だが、そんな化け物――『伝説』が支配する時代も、もう、終わりだ。

すでに今は我々『叡智』を持つ者の時代なのだ。

「あれに『光の槍（ブリューナク）』を放て」

「――は」


あの女の力は有用だ。

何とか手なづけて、存分に利用したいという欲にも駆られるが、あの厄介な王の臣下だ。

簡単には寝返るまい。

洗脳を施すという手もあるが、そこまでに掛かる労力のことを考えると、そこまでの食指は動かない。

惜しいが、ここで殺しておくとしよう。


――『光の槍（ブリューナク）』。

【厄災の魔竜】の巨体を焼き尽くした『魔導兵器（マジックウエポン）』研究成果の最たるもの。

戦場に持ち込んだ四門のうちの二つ目をここで使う。

あれであれば、いかに無敵の『光の盾』を持つ【神盾】といえど、受けた途端に熱で蒸発する。

『伝説』とまで謳われる者がまた一つ自分の手で沈んでいく。

あの絶世の美貌を持ちつつ、どこまでも強き化け物が、自分の意向一つで消滅する。

「――愉悦よのう。これだから、戦争(いくさ)はやめられぬ」

皇帝は、歴史ある街が破壊されるのを観るのが好きだった。
人が蹂躙されるのを観るのが好きだった。
支配し、気に入らない者は屈服させて破滅させるのが好きだった。

あの王も、そうなる。
これからその欲望を存分に満たせると思うと、胸が高鳴る。
最後まで盾ついたあの愚王の悔しがる顔が見られないのだけが残念といえば残念だが――まあ、
それはいい。全ては結果だ。

今は、完全に勝利するという結果。
それだけを求めているのだ。

……いや。

あの体だけは頑丈な愚王のことだ。

しぶとく生き残っている可能性だってある。

もし、万が一あの愚王が生きていたら――そうだ。

四肢を切り落とし、宮廷内の地下に飼うのも一興かもしれない。

そこで死ぬまで自分に刃向かったことを後悔させてやる。

あらゆる拷問を尽くし、泣いて謝るまで苦痛を与え続けてやるのも、いい。

ああ――そうだ、それがいい。
皇帝は目の前の都を蹂躙した後のことに思いを巡らし、高まる愉悦に笑い声をあげた。

「準備が整いました」

「撃て」


皇帝は迷いなく臣下に命じた。

そうして無慈悲の光が放たれる。

超高純度魔石『悪魔の心臓(デモンズハート)』によって純化・増幅された強大な魔力が『光の槍(ブリューナク)』の砲身へと流れ込み、一本の輝く赤い線となり、放たれた。

「終わりだ」

愉悦に顔を歪める皇帝の前で、その真紅の破壊の光はうねりながらまっすぐに対象(イネス)へと向かい、

そして――

「パリイ」

【神盾】イネスの前に飛び出た男の前で、あっけなく空の彼方へと弾かれた。

38　銀色の波

突然俺たちを襲ってきた『赤い光』を弾いたあと、俺は光の来た方向をじっと眺めた。

「今のは、危なかった……なんなんだ、今の光は？　それに、あの人の大群は何だ？　……随分、大勢いるな」

竜によって崩された街の向こう側に、リーンの【隠蔽除去】で現れたのは、東の平地を埋め尽くすような大量の人だった。

暗い紫色をした鎧を着込んだ彼らは皆、長大な銀の剣と赤く光る『盾』のようなもので武装していて、整然と隊を成し、だんだんと、こちらへ近づいて来るように見える。

「魔導皇国が……軍を動かしてきたのでしょう。数千、いいえ、あの規模ですと万を超えるかも知れません。もはや、どれだけの軍勢なのか、私には計り知れません——」

俺の疑問に答えたリーンの声は沈み、顔は青ざめている。

……皇国の軍？　何でそんなものが、ここに？

さっぱり事態が飲み込めていないのだが……。

「そういえば街の様子もおかしいが。いったい、どうなっているんだ……？」

さっきまでは気が動転していてあまり気にならなかったが、朝方までは多くの人で賑わっていたというのに俺たち以外、周囲に人一人見かけない。

王都全体がもぬけの殻、という感じだ。

「ここに来る途中で兄の部下に会ったので、少し状況を聞いたのですが……街中に多数の魔物が出現し、市民は皆、王都の西の比較的安全なエリアへと避難しているようです。王都の兵士たちは皆、その誘導に回っているのだと思います」

「……そうか。街に人の姿が見えないのはそのせいか」

街中にも沢山魔物が出没していたとは……本当に王都（ここ）で一体、何が起きているんだ？

「ですが、先程の強い光で彼らも異変に気が付いたはず。

おそらく、こちらへと戦力を差し向けるはずですが……まだ、時間がかかると思います。それに到着したところで、王都の保有戦力ではとてもあの数を相手には――」

遠くに広がる武装した集団を眺めていたリーンに、イネスが前に進み出て、声をかけた。

「リンネブルグ様。ここまでです。退きましょう。あれは我々が相手にできる規模の戦力ではありません」

「ええ、そうしましょう。私たちは撤退して兄と合流します……先生はどうされますか？」

「俺か？　……なんでそんなことを聞く？　この状況だ。聞くまでもないだろう」

リーンは俺にどうするか、と聞いてきたが……当然、俺も一緒に逃げるつもりだ。

というか、こんな状況で逃げないという選択肢は無いように思えるのだが……何でそんな聞き方をする？

まるで、俺だけここに残る選択肢があるかのように言う。

この子は俺を何だと思っているのだろう……。

「そうですね。聞くまでもありませんでしたね。愚問でした」

リーンはそう言って俺に微笑んだ。どうやら、わかってくれたようだ。

――わかって、くれたのだよな？

不安だから、一応ちゃんと声に出しておこう。

「ああ。俺も当然、逃げ――」

「向こう、攻撃が来ますッ！　私の背ろへッ!!」

突然、イネスが声を張り上げた。

彼女の見る方向に俺も目を向けると、空から大量の赤紫の光の弾が迫ってくるのが見えた。

あれはおそらく、あの大軍勢から放たれた魔法の光。

それが俺たちの頭上に、まるで雨のように降り注ぐ。

「【神盾】」

イネスが咄嗟に『光の盾』を展開し、魔法攻撃の嵐を防ぐ。

おかげで、こちらに敵の攻撃は届かない。

だが――

「しまった……これでは逃げられそうもない」

上空からの魔力弾は途切れなく飛来し、豪雨のように辺り一帯を打つ。

俺たちの周囲の地面があっという間に抉られていく。

これでは、逃げられない。

全く身動きができなくなってしまった。

「……失敗しました。あの軍勢の姿を確認したら、真っ先に逃げるべきでした」

リーンが焦りの表情で辺りを見回した。

俺もこの状況でどうしようか迷っていると、今度はロロが声を上げた。

「……あ、あそこ……！　……また、何か光ってる――――!!」

ロロが指差す方向を見ると、今度は複雑な文様を刻まれた巨大な黒い筒のようなものが赤い光を放っていた。

放っておけば、あの巨大な竜を落とした強烈な光が飛んで来るのだろう。

「また――次が、来ます」

リーンは遠くに見える赤い光を見て、更に血の気の引いた顔をしている。

――仕方ない。

俺は覚悟を決め、一歩前へと進み出た。

「先生……何を？」

「逃げ場がないなら……無理矢理にでも、作るしかないだろう」

俺の持っている黒い剣は、どういうわけかあの竜を落とした光を弾ける。

ならば、俺が前に出るしかないのだろう。

「逃げ場を、作る――？　いったい、どうやって」

「俺が前に出て逃げ回って、少しだけ時間を稼ごうと思う。その隙に、三人で逃げてくれ」

「で、ですが、先生」

リーンが不安そうな顔で俺を見る。正直、俺も不安だ。

でも、俺は戦うことは苦手だが、逃げ回ることにかけては結構、慣れている。

俺が生まれ育った山小屋の生活では、よく夕飯の為に卵を獲りにいき、怒らせた野鳥の群れに襲われていた。

でも、それぐらいなら簡単に逃げられたし、貴重な甘味の為に奪った巣の為に、大量の毒蜂の群れに襲われても、なんとか無傷で逃げ帰ることはできていた。

ならばあの大群相手でも、必死に駆けまわれば、逃げ帰ることぐらいならできるだろう。

「大丈夫、無茶はしない。ちゃんと戻ってくるつもりだから、心配しないでくれ」


無謀にも、あの軍勢に突っ込んで自分が戦おうなどとは思ってはいない。

せいぜい、俺に出来るのは相手の注意を逸らすこと。

あの魔法攻撃の雨を掻い潜り、時間稼ぎをすることでしかない。

だが、やってみる価値はあるだろう。

時間さえ稼げば、彼女たちも逃げることができるし、それにリーンの言っていた通り、もう少しすれば王都の兵士たちが助けに来てくれるかもしれない。

楽観が過ぎるかもしれないが……今はその可能性に賭けるしかない。

「――わかりました。では、私も微力ながらお力添えをさせていただきます」

「……そうか？　それなら、頼む」

そうして、リーンは俺の背中にそっと手を当て、何かの魔法の準備を始めた。

何か便利な防御魔法でもかけてくれるのだろうかと、俺は少し期待した。

「それでは、衝撃に備えてください」

……ん？　衝撃？

「……リーン、それはもしかして……さっきのあれか？」

「はい。でも、今回はちゃんと威力を加減（コントロール）しますので。大丈夫です」

リーンはそう言って俺に微笑んだ。

――違う、そうじゃない。

ちょっと、待ってほしい。

おそらく、彼女は何か誤解をしている。

この角度だと確実にあの軍勢に突撃するコースになる。

俺は別にあの大軍勢相手に決死の特攻をかけようなどとは思っていない。

辺りを走り回って注意を引きつけ、敵の攻撃を分散させようという意図で言ったのだが。


……彼女にはその意図が全く、伝わっていないような気がする。


「ちょっと、待っ――――」

「ご武運を――――【風爆破（ウインドブラスト）】」


俺の戸惑いも意に介さず、リーンの魔法が発動した。

暴風を受け、背中にとてつもない衝撃を感じる。


――――まずい。


俺は今、剣を普通に手に持ったままだ。

リーンのあの凄まじい威力の魔法。

あれを、『黒い剣』を挟まずに直接体に受けでもしたら、今度こそ死ぬ――――そう思い、俺は無我夢中で地面を蹴って前に出た。

一歩目、二歩目と【身体強化】を全開で発動して加速し、遅れて来た爆風で、更に俺の身体は押されて吹き飛んだ。

――――よかった。

何とか即死は免れた。

だがすぐに、上空から降り注ぐ魔力弾を防いでくれていたイネスの『光の盾』が目前に迫る。

そこはなんとか姿勢を低くして、僅かな地面との隙間『盾』を潜り抜け、前に出るが――――今度は魔法攻撃の嵐が俺に降りかかる。

やばい――――ぶつかる――――！

既にかなりの勢いがついているので、弾はとんでもない速さで俺に迫ってくる。

反射的に身をよじりながら弾道を見切り、避けて進むが――――それにも限界はある。

弾幕が密集しているところに勢いよく突っ込めば、流石に避けきれない。

俺は咄嗟に、黒い剣を横に薙いだ。

「パリイ」

すると、目の前に迫る無数の魔法弾が弾かれた。

――助かった。

だが、やはり思った通りだ。

この剣は竜の『光』も弾いたし、さっきの赤い『光』も弾いた。

どういう理屈かわからないが、この黒い剣は魔法を弾くことが出来るらしい。

だが、この重い『黒い剣』を振って俺が弾くことのできるものはせいぜい、数個。

目前に迫ってくるの大量の魔力弾の全てを何とかできる訳ではない。

ここから、どうする？

このままあれに突っ込んで自滅するしかないのか。

……いや。本当にそうだろうか？

俺はこれまで、ずっと木剣で、木剣を弾くという訓練をしてきた。

というか十数年の間、ほぼそれだけしかしてこなかった。

その結果、千の木剣を一息で弾ける程度にはなったのだが……。

でも、少し重い武器を持っただけで全くと言っていいほど勝手が違った。

重い剣では、慣れ親しんだ木剣のようにはいかなかったのだ。


――だが、俺もだんだんとこの剣に慣れてきた。


何度も何度も剣を振るう度、この『黒い剣』の重さが俺の手に馴染んでいくのを感じた。

そして、何度もリーンに吹き飛ばされているうちに……この尋常でない疾さにも、慣れてきた。

どうやら、さっき弾いた感じでは、飛んでくる魔法の弾には重さがないように感じた。

大木を弾くのより、ずっと楽だ。

それなら――


「パリイ」

俺が思い切り剣を振ると、数百の魔力弾が同時に弾かれ、消滅した。

――これなら、いける。

俺は、剣を振ると同時に更に思い切り踏み込み、加速する。
魔力弾は面白いようにかき消され、最早避ける必要もなくなった。
これだったら、まだまだいける。
やはりもう、慣れてきた——この疾さ(スピード)にも、重さにも。
体は疲れているが、調子はいい。それなら——

「——やれるところまで、やってやるか」

このままのコースだと、俺はすぐさま敵の軍勢に突入する。
というかもう、勢いがつき過ぎてしまって軌道修正できないだろう。
だが、それならもう、それでいい。
俺は諦めとともに覚悟を決めた。
——こうなれば、このまま加速したまま、突入する。
下手に勢いを殺すよりはずっといい。
幸い、逃げ足には自信がある。
危険を感じた時に、全力で逃げればいい。

囲まれてからだって、逃げてやる。
まあ、もし逃げられなかったら――それはその時、考えよう。
少しでも時間を稼げば、リーンたちはこの場から逃げやすくなるのだから。
そうして、俺は覚悟を決めて更に足に力を込め、地面を踏み砕き加速する。

――あまりの疾さに視界が歪む。
目に映る全てが、流れるように消えていく。
まるで別世界に来てしまったようだ。
瞬き一つする間も無く、俺は敵の隊列の一番前に辿り着いた。

最初の一人――相手は重厚な鎧を着込み、剣と盾を構えている。

「パリイ」

俺は渾身の力を込め、剣を振るった。
すると、なんの手応えもなく、相手の手に持つ長大な剣が跳ね上がった。

――良かった。
もし受け止められたらと不安に思ったが、そうはならなかった。
相手は厳つい装備をしてはいるが、ゴブリン程度の反応速度もない。
俺の目からは、まるで止まっているかのようにも見える。
他の兵士たちも、同じように遅く感じた。
――ならば。

「パリイ」

俺は次の一振りで、一度に数十の剣を弾いた。
一斉に、無数の剣が空に舞う。
それでもまだ、余裕がある。
ならば――と次は百を弾く。
それでも、大した手応えは感じなかった。
それなら次は二百。三百。
その次は、更に四百と増やしていき――五百。
不思議な感覚だった。

まだまだ、余裕がある。

この剣が重たすぎるせいかも知れないが、相手の持つ剣の重さが、羽毛ほどにも感じられない。

それなら、次は――


「パリイ」

俺が渾身の力を込めて剣を振るうと、一度に千の剣が宙に跳ね上げられた。


――なんだ。

なんということはない。

ひと息で千本程度までなら、十分可能。

それは山での木剣を弾く訓練と、ほとんど同じ感覚だった。


――それならば。

俺でも、時間稼ぎは十分できるかもしれない。

そう思い、俺は力の限り――体力の続く限り、そこで敵の武器を弾き続ける覚悟を決めた。

そう、俺はひたすら駆け回り、ただ相手の持っているものを弾くだけでいい。

俺の役割は、あくまで時間稼ぎなのだから。

余計なことを考えるのはやめ、全神経を目の前にあるモノを弾くことだけに集中することに決めた。

◇

その時――

空に銀色の波が現れた。

それは生き物のようにうねり、空を舞う鳥のように優雅に弧を描き――緩く回転しながら陽(ひ)の光を反射した。


「――?」


魔導皇国の兵士たちは、最初、何が起きているのかがわからなかった。

皇帝より下賜された、一騎当千の力を与えてくれる筈の『魔装剣(マジックソード)』が一瞬にして手元から消え、気づけばそれが空に舞っていた。

銀の光を鈍く反射しながら回転し迫ってくる、数千もの鉄をも斬り裂く魔導の剣――その襲来を防ごうと、多くの兵は半狂乱になりながら逆の手に持たされた『魔装盾（マジックシールド）』をかざした。

幸いにも優れた魔導の盾の力によって、空から落ちてきた凶刃は弾かれ、また空にまばらな銀色の波を作った。

兵士たちは、ひとまずの無事を安堵した。

それも束の間。


――今度は『盾』が消えた。


剣と同じように、感じる間もなく消え失せた。

兵士たちは自らの盾を探し、思わずまた空を見上げた。

すると、やはりそれはそこにあった。

兵士たちに無敵の防御力を与える筈の盾は、先程、自分たちが盾（それ）で弾き飛ばした剣の遥か上を、優雅にくるくると舞っていた。

その意味を理解した者は、即座に自らの身を守ろうと動き、隊列を乱すが、ただ攻める為だけに組まれたその隊列には十分な逃げ場は存在しなかった。兵士たちは互いに硬い鎧をぶつけ合い、倒れ込んで他の兵の下敷きなり身動きが取れなくなった者が空を見上げ、悲鳴をあげる。
全てを貫く魔導の凶刃が――――それを防ぐ手段を消失した者の頭上へと降り注いだ。

――――阿鼻叫喚。

魔物と竜に蹂躙され弱った王国の民を切り裂く筈であった『魔装剣（マジックソード）』が次々と、逃げ惑う兵の腕に、脚に、肩に胴体に――――運が悪い者には身体のあらゆる箇所へと突き刺さった。

兵たちは悲鳴を上げ、その脅威から逃げ惑った。

士気の高い者は再び剣を拾い上げ、正体不明の敵の次なる襲撃に備えようと覇気を振り絞り剣を構えたが、構えた剣はなす術もなく、再び空へと飛び去った。


兵士たちには、何が起こったのかわからなかった。

何も見えない。何も感じられない。

なのに、また武器が忽然と消えた。


――――何かが、おかしい。

今、ここでありえないことが起こっている。

全ての兵がこの異常な事態を理解し、混乱し、恐怖した。

無敵の軍隊と信じていた自分たちの脆さを、一瞬にして理解した。

皇国の兵たちを突然襲った正体不明の攻撃。

圧倒的優位だったはずの自分たちが、何処から、何をされているのかすらわからない。

その戦場は一瞬にして混乱の極致となった。

武器を投げ出して泣き叫ぶ者、座り込み神に祈る者、血まみれになり助けを乞う者――勝利を確信していた行軍は、瞬く間に絶望を孕んだ悲壮な空気に包まれた。

何度も武器を拾い直す強い意志のある者も、二度、三度、四度と繰り返される怪現象に心を折られ、襲いくる脅威の正体があまりにも掴めず、恐怖に駆られての同士討ちも起こった。

そうして戦場から急速に戦意が失われつつある中――ふと、兵士たちは一際高く空に打ち上げられた大きな黒い影に目を疑った。

――まず巨大な筒状のモノが、四つ。

――そして大きな十字架状のモノが、三つ。

それは、兵士たちにとって見覚えのあるモノに思えた。

もっと言えば……それは皇国軍の決戦兵器『光の槍（ブリューナク）』四門と、全てを防ぐ絶対防衛魔導具『英雄の盾（イージス）』三機に見えた。

それは栄光に輝く皇国軍の勝利を確約する超越兵器。

皇国の誇る最先端の魔導科学の象徴に他ならない。

それが——どうして、あれがあんなところに？

空を見上げる全ての兵が、疑問に思った。

ゆっくりと回転しながら頭上から降って来た七つの物体は、順番に轟音を立てて地面に激突し——地上で改めてその姿を目にした兵士たちは、再び意気消沈した。

見れば、制圧兵器『光の槍（ブリューナク）』は巨大な筒状の四門全てが深々と大地に突き刺さり、防衛魔導具『英雄の盾（イージス）』は十字架状の形状が思い起こせないほど無惨に歪んで壊れ、精緻な回路に刻まれた魔導の光を全て失っていた。

誰の目にも、もうそれがろくに役に立たないことは明白だった。

史上最強の決戦兵器と聞かされていた『光の槍（ブリューナク）』と『英雄の盾（イージス）』、そして兵たちの主兵装の『剣』と『盾』を失うこと——それはつまり、この行軍の完全な失敗を意味する。

そう理解するだけの理性ある者が殆どだった。

だが、中にはその理屈にさえ屈しない者もいた。

何度も何度も剣を取り、勇敢にも敵の姿を探し、戦おうとする強い心の持ち主が。

だがその心もすぐに折られた。

掲げた剣と共に姿すら見えない「何か」に、まるでガラス細工か何かのように無残に粉々に打ち砕かれるまで、そう時はかからなかった。

「――――なんなんだ、これは。一体……何が、起きた――――？」

全軍の指揮を任されていた皇国の将軍は、そう呟くのがやっとだった。

王都征服の意気に沸いていたその行軍は今や無力感と失望、そして恐怖と絶望が支配する場となった。

そうして、次第にまばらになっていく銀色の波の往復が七回を数える頃には全ての兵の士気は失われ――――もはや剣を拾おうとする者さえいなくなった。

無敵を誇るはずだった皇国の万の軍は、誰一人死者を出すことのないまま、ほぼ壊滅に近い状態となっていた。

39　皇帝の早馬

皇帝は前方から押し寄せる銀色の波を不可解に思いながら眺めていた。

「何だ、あれは――――？」


まるで生き物か何かのようにうねり、空に広がる銀色の波に皇帝は目を奪われた。

それはよく見ると『剣』の群れのように見えた。

皇帝にはその剣が見覚えがあるもののように思えた。

それは、見れば見るほど自らが皇国軍の兵士たちに与えた『魔装剣（マジックソード）』にそっくりの形だった。

だが、あれがあんな風に宙を舞う理由など考えられない。


――――一体、何が起きた？

疑問に思った直後、皇帝は自らの背後に誰かが立っていることに気がついた。

「……誰だ」


皇帝は急いで振り向き、それが何者かを確かめようとした。

見れば、それは黒い何かを持った男だった。

男もこちらをまっすぐに見つめ、皇帝と目を合わせた。

だが目が合った瞬間、その男は幻のように消え失せた。


「――何だ、あれは」


突然、男の立っていた地面が割れ、辺りに揺れが起きた。

皇帝の跨る馬はその異変を恐れ嘶（いなな）いた。

その直後、空に舞っていた無数の銀色の剣が、次々に周囲の皇国兵たちへと降り注ぐ。

兵たちはあらゆる攻撃を弾き返す無双の盾『魔装盾（マジックシールド）』を構えて攻撃を一斉に撥ね返しているが、
その反対側の手には下賜した筈の『魔装剣（マジックソード）』が見当たらない。

皇帝は手綱を強く引いて怯える馬を鎮めると、この状況が何なのか、側に控えていた近衛兵に問いかけた。

「……これはいったい、どういうことだ。いったい、何がどうなっている」

だが答えはない。

近衛兵たちは呆けたように空を眺めて何事かを呟いていた。

皇帝もそれにつられて見上げると、そこには板状の何かが舞っているのが見えた。

あれもどこかで見たような形の気がする。

皇帝は再び臣下に問いかけた。

「何だ、あの板切れは」

だが誰からも答えはなかった。

皆、再び空から降り注ぐ剣を避けることに夢中で皇帝の声は耳に入らないようだった。

その両の手にはもう何も握られていなかった。

――何だ、これは。何が起きた。

皇帝が疑問に思っていると再び、背後に男が現れた。

「また貴様か」

皇帝が驚きつつその男を観察すると、また目が合った。

その瞬間、皇帝はその男の顔を思い出した。

「貴様は――たしか」

確か、この男は【神盾】イネスの前に飛び出てきた男ではなかったか。

先刻【遠見】の魔導具で見た男。自分の記憶に間違いはない。

……いや。だが、それは少しおかしい、と皇帝は疑問に思う。

ならば何故、その男がここにいる？

あの男は遥か遠くの地平、それこそ【遠見】の魔導具の限界距離に近い位置にいた筈だ。

あれから、ものの三十秒も経っていない筈。

どうやって、ここへ？


いや、この際、それは捨て置く。大きな疑問は他にある。

この男は恐らく、自分が魔導皇国の『皇帝』だと知っているはずだ。

他の兵には目もくれず、一直線に視線を投げかけてくる。

この男の目的は一体、なんだ？

……いや。この状況で、男の目的は一つしかないだろう。

皇帝(じぶん)の命(くび)を獲ることだ。

――それ以外に、考えられない。


「――カヒッ」


皇帝は男に自らの命が狙われていることに突然思い至り、喉の奥から奇妙な音を漏らした。

頼りにしていた武器を与えた臣下は、まるで使い物にならない様子だった。

自分はこれだけの兵に囲まれていながら、今や完全な無防備。命を狙うならこんな好機はない。

いつもは側に控え脅威を見逃さない近衛兵たちも、周囲の混乱に呑み込まれている様子だった。

その状況を理解し、皇帝の身体は縮み上がり、恐怖に硬直した。

だがすぐに、あらゆる攻撃と魔法を弾き返す黄金色に輝く至上の防具、王類金属製（オリハルコン）の『覇者の鎧（カイザーアーマー）』が、全身を護っていることを思い出して落ち着きを取り戻した。


――そうだ。来るなら、来るがいい。


周りの兵が役に立たずとも自分だって戦えるのだ。

自分の剣技は達人にも引けを取らぬ――

そう考えた皇帝は腰の鞘から黄金色に輝く特注の『覇者の剣（カイザーブレイド）』を引き抜き、馬に跨りながら覇気を込めて構えた。

だが、男は急に皇帝に興味を無くしたかのように目を逸らし、再び忽然と消えた。


「……どうした。来ないのか」


皇帝が安堵していると、今度は空から何か大きなモノが降ってきた。

黒い筒状の何かが、皇帝の目と鼻の先の地面に轟音を立てて突き刺さった。

「ゲバァッ」


思わず皇帝は自慢の馬から逆さまになって落ち、土を嘗めた。

必死に地面から顔をあげると、目の前のその黒い魔鉄製の筒に既視感を覚えた。


……おかしい。何故、これが空から……？


皇帝の目の前に落ち、地面に深々と突き刺さっている物体。

それはまるで魔導皇国の新型決戦兵器『光の槍』のように見えた。

だが、おかしい。

先ほどまで、我が軍の決戦兵器『光の槍』は全て、あの愚王の都へと向いていたのだ。

それがいきなり自分の目の前の地面に突き刺さるなどということはあり得ない。

そう思って辺りを見回すと――――他にも同じような黒い筒が三本、轟音を立てながら地面に突き刺さっていくのが見えた。


「何故だ。何故、あれらがあんなところに挿さっている」

だがその疑問に応える者はいない。
皇帝は普段なら激昂する臣下の無礼も気にならないほどに、目の前の光景に混乱していた。

「何が起きた――――何なのだ、これは」

皇帝が独り言のように疑問を繰り返すうち、また背後に「あの男」が現れた。
男は何をするでもなく、ただ皇帝の姿を見つめると、また、音もなく消えた。

「何なのだ、あの男は」

皇帝の頭の中は疑問だらけだった。
その疑問を整理するため、必死で頭を巡らせた。

……自分は戦場(ここ)に万の兵を率いてきた筈だ。
少なくとも布陣は完璧だった筈。過剰配備と言ってもいい。
一兵卒が一騎当千と化す万の剣を与え、万の盾を与えた。
装備はこれ以上にないぐらいに豪華にした。

その大軍で弱り切ったクレイス王の息の根をとめるはずだった。

どう考えても負けようのない戦のはずだった。

だからこそ、自分は物見遊山のつもりで単なる観劇として、戦場(ここ)までついて来ることにしたのだ。

一般兵に与えた【魔装剣(マジックソード)】に【魔装盾(マジックシールド)】、そして選りすぐりの精鋭に与えた【魔装砲(マジックキャノン)】と【魔装鎧(マジックアーマー)】に加え、あの伝説の【厄災の魔竜】すら屠(ほふ)る『光の槍(ブリューナク)』四門を揃え、どんな強力な魔法でさえ弾き返す、無敵の大型防衛魔導具『英雄の盾(イージス)』を三つも配備することで万難を排して――


――そうだ、忘れていた。あの盾は？

あの無敵の大盾はどこに行ったのだ？

あれさえあれば、どんな強力な攻撃が来ようとどんな伏兵がいようと防げたはず。

あれはどこへ行ってしまったのだ――？

皇帝がそう思って辺りを見回すと、地面に刺さった四つの黒い筒の周りで逃げ惑う兵たちの奥に、無惨に歪んだ十字架状の何かが三つ、転がっているのが見えた。


あれはまさか……いや、違う。そんなわけがない。

皇帝はあんなものには決して、見覚えはなかった。

あれは自分の知っている其れとは違う。
皇帝の記憶にある『英雄の盾（イージス）』は純白に輝き、精緻に刻まれた回路は魔導の光に満ち、神々しい程の威厳に溢れ――決してあんな、惨めな鉄屑の塊ではなかった。

「まさか、壊されたというのか」

あれは全てを弾く究極の防衛兵器。
必勝無敗の魔導皇国軍を守護する筈の無敵の盾。
それが、なぜ、あんな姿に？

「何故、こんなことが起こるのだ」

皇帝にはわからないことだらけだった。
そうして皇帝の頭が疑問で膨れあがった時、再びあのよくわからない男が現れた。
その手に、不吉な黒い剣を持ちながら。

「……あれは、何だ……まさか」

皇帝はその時、初めてその剣の存在に気がついた。

その瞬間、それが何であるかを理解して思わず目を見開いた。


――間違いない。あれは超級遺物『黒い剣』。

絶対にそうだ。この自分が見間違える筈もない。

それは一度、愚王が手にしているのを目にして以来、皇帝がずっと追い求め続けた迷宮遺物『黒い剣』の特徴そのものだった。


そして再び疑問に思った。

あれが本当に『黒い剣』だとするならば……あの男はいったい、何者なのだ？

あの愚王が決して手放そうとしなかったあの剣を、何故あの男が手にしている？

そして、何故、あの男はあんなにも普通に片手で剣を手にしていられる？

あの未知の金属は到底、普通の人間が持ち運べるような代物ではない。


――あれは何から何まで、特異な存在だ。

何故かあらゆる魔法を一切受け付けないという特殊な性質に加え、王類金属（オリハルコン）でも古竜の牙でも、最硬金属（アダマンタイト）ですら傷つけられない並外れた硬度。
そして何より、屈強な兵士が十人がかりでも持ち上げられないという人智を超えた異常な重量。
それが、あの『黒い剣』の特質。

だが、それを片手で持っているだと？　そんなふざけたことがある筈がない。
片腕で百人を吹き飛ばすという、あの馬鹿げた怪力で知られる愚王（クレイス王）ですら両手で振るうのがやっとであったという、あの『黒い剣』をああも、軽々と。

「……そんな、莫迦な話があるか」

だとすれば、あの男はあのクレイス王（化け物）以上の実力を備えていることになる。

――そんな人間が、いる筈はない。

だが、あれが『黒い剣』であるとするならば全てに納得がいく。
そして、あれを片手で振るえるほどの存在がもし、いたとしたら。
……全てが覆る。覆ってしまう。

「……あまりにも、馬鹿げている」


口をついて出たのは理解を拒絶する言葉だった。

だが皇帝はすでに理解していた。既に認めざるを得ない状況だった。

一体、何をどうやったのかはわからない。

どんな方法を用いたのかはわからない……だが、確信がある。

目の前の光景（あれ）は、全て、この男（これ）がやったのだ、と。


——今、あの男が『黒い剣』を所持しているということ。

それはあの愚王（クレイス王）が、あの剣を譲渡したということに他ならない。

つまり、この男はあの愚王の尖兵だ。

だがあんな男の情報はどこからも入ってこなかった。

どう考えても王国（敵）の主力。そんなものが、誰にも知られずに存在していたとでもいうのか。

王国の諜報を命じた部下は、そんな核心的な戦力を見落としていたというのか。

そのせいで、この有様だ。

――この男が全て、一人でやったのだ。


万の兵の『剣』と『盾』が失われ、皇国軍全体が混乱の極みに至っているのも。

『光の槍』が無残にも地面に突き刺さっているのも。

『英雄の盾』があんな惨めな姿になっているのも。


事実を受け入れることで、皇帝の顔に苦悶の表情が浮かぶ。

本当に悪い夢としか思えない。


だが、どうしても腑に落ちなかった。

一体、何故、目の前の男はそれほどの力を持ちながら、皇帝たる自分を討つ絶好の好機に恵まれながら、そのままにしておく？

何故そんなことをする必要がある？

皇帝(じぶん)の存在を認識していながら、何度も目を合わせながら、この男は、己を無視するように現れては消えてを繰り返した。

何度も、何度も。

……まるでその反応を嘲笑うかのように。

そう思った瞬間、向かい合っていた男が突然、不気味に口の端を吊り上げた。

「――ヒッ」


その意味不明な笑顔を目にし、皇帝は喉の奥から乾いた悲鳴をあげた。

そして、すぐにその嗤いの意図を直感した。

――やはりこの男は自分が何者であるかを理解している。

そしてその上で、この男は自分を弄んでいる。

皇帝（じぶん）を追い詰めることで恐怖にひきつる顔を眺め、愉しんでいる。

……そうだ。この化け物は全てわかった上で自分に恥辱を与え、存分に弄んだ上で嬲（なぶ）り殺そうとしているのだ。

皇帝は自分が愚王（クレイス王）を捕らえた時にやろうと思っていたことを思い出し、確信に至った。

それをやらない理由など、ない。

この男の力なら、容易くそれができる。

やらないのではない――まだ、やらないだけ。

皇帝がそこまで考えると、男はまた不気味に口の端を吊り上げて嘲笑うような笑みを浮かべた。

「ウヒッ」

不意に皇帝の下腹から何か温かいものが流れ出し脚へと伝った。

直後、男は笑いながらまた目の前から幻のように消えた。

「――――ッ――――!?」

刹那、皇帝は自分のすべきことを思い出した。

すなわち――――

皇帝は馬に再び跨り、混乱に惑う全ての臣下に背を向け、筋力を何倍にも増幅する『付与(エンチャント)』のなされた王類金属(オリハルコン)製の最上級魔導馬具を身につけた自慢の早馬を駆り、その戦場から一人、全速力で逃げ出した。

40　訓練所の教官たち

俺は夢中で目の前の剣を弾き続け、気付いた時にはあの大群を突き抜けていた。

そして立ち止まって振り返ると金ピカの派手な鎧を身に纏った老人が、同じような金色の馬具を付けられた馬に跨っているのが見えた。


「……誰だ」


目が合うと、老人は俺を見てそう問いかけてきたが、俺は思わず、その奇抜な格好に目が行った。

……なんだろう、あの老人は？

だが、呑気に会話をしている暇はない。

先ほど弾いた剣が落ちてくるのが見える。

兵士たちが武器を拾って一斉に襲い掛かって来たら、俺などひとたまりもないだろう。

急げ。まだ休む時では無い。

一本でも多く――――弾け。

そうして俺はまた兵士たちの中に飛び込み、必死に駆け回りながらひたすら武器を弾いた。

兵たちは剣だけでなく不思議な『盾』も持っていた。

それで落ちてくる剣を跳ね返していたようだが、ついでにそれも一応、弾いておいた。

途中、あの赤い光を放ってきた巨大な黒い筒と、何やら同じような赤い光を放つ白い十字架のような物を見掛け、取り敢えず全て力任せに跳ね上げておいた。

俺が今やっていることは時間稼ぎにしかならない。

だが、やらないよりずっとマシだ。

そう思ってひと通り目の前のモノを弾き切ると、再び隊列の最後尾、あの金ピカの老人がいる場所へと戻って来ていた。

「……また貴様か」

老人は俺を見るとまた声をかけてきた。

挨拶でもしようと思ったが、ほとんど呼吸をする暇もなく武器を弾いて回っていたので、息が上がり、声は出せなかった。

「来い」


老人は馬の上から俺を見下ろしながら、怯えた表情で腰から剣を抜いて構えた。

だが、老人は腕も細く、あの細い剣すら持つ手が震えていた。

俺を命を奪いにきた危ない奴だと思って怯えているのだろう。

この状況では無理もない。


ひとまず、あの老人の剣を弾く必要はないだろうと思った。

誰がどう見たって、剣を振るう姿勢にすらなっていない。

俺に対して護身用の剣を向け、抵抗の意思を見せているに過ぎない。

だから、俺はその馬に跨る金ピカ老人を無視して、落ちた武器を拾いはじめた兵のところへと走った。

そして、ひと通りの武器を弾き、気づけばまた隊列の一番端――あの老人がいた場所に戻っていた。

そこで俺は少し立ち止まり、深呼吸をする。

走り回り、武器を弾いている間は息を吸う暇もない。

時々、こうやって空気を吸っておかないと倒れてしまう。

俺が必死に空気を胸の中に吸い込んでいると、またあの老人と目が合った。

だが、さっきの老人は馬から振り落とされたのか、顔に土を付けたまま、地面にへたり込んでいた。


何が、あった――？

あの老人、大丈夫だろうか。

彼のことが少し気がかりではあったが、また剣を拾い始めている者もいる。

彼らに武器を持たせてはいけない。

そう思って再び軍勢の中に飛び込み、走り回り、片っ端から剣と盾を弾き続け――

次に息を吸いに同じ場所に戻ってきた時、老人は酷く怯えた表情を見せた。

もしかすると、彼の目には俺がとても恐ろしい人物に見えているのかもしれない。

足を止め、しばらく向かい合っていると老人の顔は段々と歪み、今にも泣きそうな表情になっていく。


――待て、そうじゃないんだ。


俺だって、好きでこんな場所にいるわけじゃない。

すぐに逃げ出したいような気持ちは一緒だ。

老人はそのままでは怯え死んでしまいそうな程に縮こまり、とても気の毒な姿に見えた。

相手は攻め込んできた側の人間とはいえ――震えている老人のことが少し心配になる。

俺は、せめて攻撃の意思が無いこと、老人に対する敵意が無いことだけでもわかってもらおうと思い、精いっぱいの笑顔を作った。


「――――――――ニッ――――――――」


少し、ぎこちなかったかもしれない。

激しい運動をしたせいで、息も絶え絶えで顔も強張っている。

でも、少しでも、俺の気持ちをわかってもらえればいい。

そう思って力一杯、口の端を吊り上げた。


「――――ッ!?」


すると、老人は顔を硬直させた。

どうやら、見たところ老人の身体の震えは治まったようだった。

……どうだろう。わかって、もらえただろうか？

本当に俺の気持ちが伝わっているかが、少し不安だったが、また遠くに、剣を手に取る兵士の姿が見える。

彼らに武器を持たせるわけにはいかないと思い、俺はその兵士のところへと全力で走ろうとした。

だが、突然、俺の足が言うことを聞かなくなった。

そういえば、俺は早朝に軽く食事を取ったあとろくに食べ物を口にしていない。

それに、あの毒ガエルと戦った時、血をかなり吐いた。

あれぐらいなら大丈夫と思っていたが——その後立て続けに奇妙な包帯男と戦い、リーンの渾身の一撃を受け、あの大きな竜の攻撃を受け続けた。

その上で、この無茶苦茶な運動だ。

そろそろ限界が来てもおかしくは無い。


早く、切り上げて逃げ出さなければ——

そう思っていたところで、ガクンと膝が崩れた。


「——ッ——！」

しまった。


自分の体力の限界を見誤った。

だが、まだ、ここで立ち止まるわけにはいかない。

立ち止まれば、ここで袋叩きに遭う。

足がダメになってしまっては、逃げることもできない。

【ローヒール】にも限界がある。

傷は治せても、疲労や空腹は治せない。
息も苦しい。空気が、足りない。

「――ガハッ――」

肺にも随分と無理をさせたのだろう。
少し、血を吐いた。
途端に動きが鈍くなる。
まずい。もう足が動かない。
頭が朦朧として、あたりの風景がぼやける。
俺は自分の限界を超え、激しく動き過ぎたのだ。
一瞬、目眩がして――意識が途切れた。

そして気づいた時には、俺は剣を持った数人の兵士たちに囲まれていた。
もう、逃げられない。剣を持つ腕が上がらない。足も、動かない。

剣を拾い上げた兵士は一斉に襲いかかってくる。

ここまでだ。

ここで、俺は殺される。

だが、なんとか精いっぱい時間は稼いだ。

リーンやイネス、ロロは無事に逃げてくれただろうか？

せめて、あの子たちだけでも生き残ってくれ——

そう思い、俺は空を見上げ、死を覚悟した。

だが、その時、上空に星のような何かが煌めくのが見えた。

「————？」

その天を埋め尽くす無数の光は、まるで流星のように尾を引いてこちらにどんどん、近づいてきて——

「星天弓衝（シューティングスター）」

光り輝く矢の雨が辺り一面に降り注いだ。

それは鳥の群れのように空中でうねるように軌道を変え、次々と兵士の腕や足を正確に撃ち抜き戦闘不能にしていく。

「――あれは」

俺はかつて、同じものを一度だけ見たことがある。

あれは確か【狩人（ハンター）】の教官の技だった。

諦めの悪い俺に、これで最後だと言って見せてくれた【狩人】の奥義。

天空から地上の全ての目標を正確に射抜く、絶技。

手足を射抜かれた兵士たちは呻き声をあげながら、次々に地面に崩れていく。

だが、剣を拾い上げて、恐ろしい形相で俺に向かってくる者もいる。

――これはダメだ。もう身体が全く動かない。

「竜滅極閃衝（ドラググレイヴ）」

だが、俺の周囲にいた兵士たちは突然巻き起こった突風に吹き飛ばされた。
見れば、そこには見覚えのある一人の男が、黄金色の槍を構えて立っていた。

あれは――あの槍の男は。

「来てくれたのか、アル……いや、ハルバ…………ランバート」
「ギルバートだ」

槍の男、ギルバートは辺りを静かに見回した。

「本当に一体、どうなってるんだ、この状況は……？
……いや、どうせアンタがやったんだろうな。
あの軍勢の中に一人で突っ込んだ馬鹿がいると聞いて誰かと思ったが、納得したぜ」
彼はそう言いながら笑い、槍を肩に担いだ。
だが、彼の背後から複数の兵士が斬りかかろうとしているのが見える。
あぶない。そう叫ぼうとするが、喉に血が詰まって声が出ない。

「千刃(サウザンドエッジ)」

だが俺の心配をよそに、兵士たちは一瞬で無数の斬撃を受けたかのように全身から血を噴き出し、倒れた。

俺は今の技にも見覚えがあった。

あれは、確か。

「遅かったじゃねえか、師匠。先についちまったよ」

「……悪い。他の者もこれから来る」

そこにいたのは——忘れもしない。

多少、歳は取っているが、俺はあの顔には見覚えがある。

腰に一本の長剣を差したあの男は【剣士(ソードマン)】の教官。

俺が憧れていた職業【剣士(ソードマン)】の訓練所の指導教官だった男。

彼は、俺の方に向き直るとこう言った。

「どなたかは存じないが、本当に助かった。だが……すまないが、後はこちらに任せてくれ。流石にここで何もできなければ【王都六兵団】の面目が立たん。せめて、後始末だけでもさせてくれ」

そう言うと教官は静かな動作で腰に差していた剣に手を添え、一気に横薙ぎに抜き放った。

「千殺剣（サウザンドブレイド）」

すると、殆ど目に見えない程の速さで千の刃が戦場を駆け巡り——至る所で血しぶきの華を咲かせた。

——ああ、これだ。

これが俺が憧れ続けた【剣士（ソードマン）】の姿そのもの。

俺の、長年の目標だった技。

俺は一度だけ見せてもらったこの技に憧れ、木剣を弾くようになったのだ。

努力したところで、俺には何の【スキル】も身につかなかったが。

でも、どうしてもあれに近づきたい。

だから、形だけでも真似しようと、俺は千の木剣を弾こうとした。

本物が手に入らないのなら、見せかけだけの、偽物でもいい。

そんな歪な努力の結果が、千の木剣を強引に弾くだけの技。

だが俺の技はあくまでも真似事。

勿論、本物のように斬ることはできない。

この十数年、どれほど、本物をもう一度見てみたいと思っていたことか。


今、その本物が目の前にある。

俺が次々に繰り出される【剣士】の【スキル】に我を忘れて感激を覚えていると、また別の人物が二人、視界に現れた。


「……ああ、シグ。無闇に殺してはいけないと言ったのに。注意しておいた筈なんですがね。死体は、簡単に情報を吐きませんから」

「ホッホウ！　セイン。お前さん、無茶を言うのう。この大軍を相手に……流石にそれは酷な注文じゃないかのう？」


一人は白いローブを纏った目の細い聖職者風の人物。もう一人は顔を覆う白い髭をたっぷり蓄え、真っ黒なローブに身を包むいかにも魔術師といった風体の老人だった。俺はあの二人のことも知っている。

服装と、話し方。間違いない。

白いローブを纏い、静かに笑みを浮かべる男は俺の面倒を見てくれた【僧侶(クレリック)】の教官。

もう一人の陽気な老人は【魔術師(マジシャン)】の教官だった。

彼らは襲いくる兵士たちをものともせずに、のらりくらりと会話を続けている。


「そうは言ってもですね、オーケン。死体になってから話を聞くのは大変疲れるのです。生者の方がもっとずっと素直です」

「ホッホウ！　そりゃあ、お前さんの『取調べ』を受けたら、死んだほうがましだったと言う奴もゴマンといるそうじゃからのォ」

「……とんでもありません。それはきっと誤解です。皆さん、最後には泣きながら私にお礼を言うんですよ。五体満足で、とても健康で普通の身体にしてくれて有難う、と。……腕や脚は治せば何本でも生やせますからね」


老人は青い顔をして隣の男から距離をとった。

「……セイン、お主……？」

「ほんの冗談（ジョーク）です」

「……そういうこと言うから、怖がられるんじゃぞ？　お願いじゃから、そういうの、やめとこう？　……な？」

「いやですねえ。戦場の緊張をほぐす為の軽い冗談（ジョーク）ですよ」

「……全く笑えんわい」


彼らは何事でもないかのように群がる兵を蹴散らしながら、会話を続けている。

一人は両手で九つの魔法を同時に発動しながら。

一人は襲い来る剣を素手で受け止め、奪い取って薙ぎ払いながら。


「そろそろ、彼らがくる頃じゃないですか？　用意をしておいた方がよさそうですよ」

「わかっとるわい。ここまで、いいようにやられっぱなしじゃったからのう。見せ場は外せんわい……お主ら。準備はいいかの？」

「「――――はい――――」」

突然、数人の黒いローブを身にまとった人物が透明な覆いを払いのけるようにして現れた。

どうやら全員が【隠蔽】を掛けながらここまで移動していたらしい。

「斉唱せい――――」

【魔術師】の教官が大きく両手を振り上げると、九つの光り輝く魔法陣が手の中に現れ、同時に同じ魔法陣が、周囲のローブを纏った男たちの前にも一つずつ現れた。

「「『大地の呪縛（アースバインド）』」」

途端に辺りの地面が盛り上がり、惑っている兵士たちの脚を呑み込んだ。

そして、急に足を覆った土の枷で身動きできなくなり戸惑う兵士たちの向こうから、地響きを立てて突進してくる鎧姿の集団が見えた。

「ホッホウ！　そして、いよいよ、お待ちかねの王都防衛隊【戦士兵団】の登場じゃの……ありゃあ、全員、目が血走っとるわい。殺すな、はアレに言っとくべきじゃないかの？」

「ちゃんと言っておきましたよ。彼らが一番心配ですから。自分たちが護るべき街を壊されて、一番腹を立てているでしょうからね」

巨大な盾を構え、頑強な鎧に身を包んだ兵士たちは土埃をあげながら突進し、そのままの勢いで皇国の兵士たちに突っ込んだ。

足を地面に固められた皇国の兵士たちはなす術もなく、次々に跳ね飛ばされた。

中でも先頭に立つ、重そうな銀色の鎧を纏った、身の丈が常人の三倍はあろうかという大男は、盾も剣も持たず体一つで突進し、土の枷で足を固定された兵士たちを次々に空高く跳ね上げていく。

ただ突進するだけであの威力。

俺はあの人物にも見覚えがあった。あの並外れた体軀。間違いようがない。あれは三ヶ月間俺の訓練の面倒を見てくれた【戦士（ウォリアー）】の訓練所の教官、その人だった。

魔術師の老教官は空に跳ね上げられる皇国の兵士を眺めながら、ため息をついた。

「まったく、酷い有様じゃのう。あれ、何人か死んだんじゃないかの？」

「……他人事（ひとごと）みたいに。この作戦は貴方の提案だったんでしょう」

「まあ、なんだかんだで敵を行動不能にして一方的にやっつけるのが一番楽じゃて。この数じゃあ、正々堂々なんてやっとれんわい」

「なんだか、妙に楽しそうですね、オーケン」

「ホッホウ！　幾つになっても戦というのは滾るもんじゃて。じゃあ、こっちで『檻』は作っとくから、あとのことはお主らに任せるぞ、セイン」

「はい、任せておいてください」

「じゃ、見とれ――あっという間じゃぞ。お主ら、準備はいいか」

「「はい」」

そうして【魔術師】の教官と黒いローブの集団は、再び何かの魔法スキルを発動した。

「「『石の監獄（ストーンプリズン）』」」

すると突然、地面から高さにして人の背丈の十倍ほどの頑強な岩の壁が立ち上がった。

その岩の壁は盾の男たちに跳ね飛ばされて山のように積み重なった皇国の兵たちの周りを取り囲み、あっと言う間に巨大な『石の監獄』が出来上がった。


「――では行きましょうか、皆さん」


そして、また透明な膜が剝がれるようにして、白いローブを身に纏った集団がその場に現れた。

「では、生存者全員を救って、改心させて来ます。死人は情報にも労働力にもなりませんからね」

「……その言い回し、やっぱちょっと怖いんじゃが」

遅れてやって来た剣を手にした集団と共に、白のローブの集団は『石の監獄』の中へと雪崩れ込んだ。監獄の外で逃げ惑う兵士は【戦士】の教官の巨大な腕に捕まれ、次々に壁の中へと投げ入れられていく。気づけば岩の壁の上には黒いローブの集団と、弓を手にした集団が立ち並び、辺りを見下ろしていた。

王国の兵たちがこの場を完全に支配しつつあるようだった。

そうして――全ての皇国の兵士たちが『石の監獄』に収監されて降伏するのに、そう時間は掛からなかった。

41　追撃の魔竜

「ノール先生……大丈夫ですか？」

戦闘が終わるのを見届け、俺が疲労困憊で倒れそうだったところにリーンとイネス、ロロが駆けつけてくれた。リーンは俺の状態を見るとすぐに何かの回復魔法を使ってくれ、おかげで、かなり体力が回復した。

どんな魔法だったのかはわからなかったが、もう体を動かせるまでに回復している。

やはりこの子は凄いな。何でもできてしまう。

「ああ、おかげで随分良くなった。助かった、リーン」

かなり身体の調子が良くなった俺は座り込んでいた地面から立ち上がり、黒い剣を拾った。

「……本当に大丈夫なのですか？　もう少し、休まれては」

「ああ、もう十分だ。動けるようになった」


でも、流石に腹が減った。

できればここで腹拵えもしたいところだが……こんな状況だ。

贅沢は言えないだろう。

辺りでは慌ただしく兵士たちが動いている。

白いローブの集団が鎧を着込んだ集団と一緒に、石の監獄へと出入りし収監した皇国の兵士たちを順々に連れ出して、怪我を治療したり、話を聞いたりしている。


「……どうじゃ、シグ。何か耳寄りな情報はあったかのう？」


近くで話し声が聞こえる。

見れば【魔術師】の教官と【剣士】の教官だった。


「……ああ。セインの尋問で指揮官が口を割った。伏兵は無い。ここにいる兵で全てだそうだ。王都内部は改めてカルーが捜索して、潜伏する脅威はなさそうだという報告が入っている。確かだろう」

「ならば荒事はひとまずこれで終結、というところかの。ホッホウ！」

【魔術師】の教官はそう言いながら、人差し指で長いヒゲをくるくると弄っている。

「だが、皇帝の姿がなかった。逃げたらしい」

「――皇帝？　何の話じゃそれは？　……まさか、皇国の？　あの陰険ジジイがこの場に来ておったのか？」

「ああ。複数の捕虜が口を揃えて言う。誤情報ではない。金色の鎧を着た男だ」

「何と物好きな。もしかして、あいつ……阿呆なんじゃないかのう？　よほど軍備に自信があったのじゃろうが、『賢帝』などと国民に呼ばせている割には思慮がぜんぜん足らんわい。ホッホウ！」

「……金色の鎧？　あの老人か」

　思わず声が出た俺の方へと二人が振り向く。

「……お主、心当たりがあるのかの？」

「ああ。金色の鎧を着た妙な老人ならさっき、会ったぞ。乗っていた馬も、同じような金ピカの鎧を着けていたし、とても目立っていた」

【魔術師】の教官は何かを考え込むように自慢の髭を触りながら首を傾げた。

「馬に、金ピカか……もしや、『王類金属（オリハルコン）』製の馬具かのう？　……なるほどのう。あれは見た目こそ趣味は悪いが、なかなか幅広い用途を持たせられる優秀な装備じゃからのう。指揮官の馬に与える装備となると『付与（エンチャント）』は【筋力強化】と【風除け】、あとは【矢返し】ぐらいかのう？　だとしたら、逃げ足の速さも納得じゃ。それなら、もうかなり遠くまで逃げておるはずじゃの。どうしたもんかのう？」

【魔術師】の教官はたっぷり蓄えた白い顎鬚を撫でた。

「……国境まで逃げられたら、もう追うことはできん。奴を逃せば態勢を整えて再度侵攻して来るだろう」

「そうじゃのう……皇国内に入れば軍備の整った関所が何箇所もあるし、大きな谷に架かる橋もあるしのう。あれは、皇国の人間じゃないと通してくれんからのう」

「では諦めるか」

「いやいや、あのクソジジイを追い詰められる千載一遇のチャンスじゃ。生かさん手はないわい。とは言え、もう国境は越えとるかもしれんのう……そうなったら、空でも飛ばん限りは、のう」

――空、か。


「案がないなら仕方ない。追うのは諦め、次の攻撃に対する防衛策をとる」

「そう結論を急ぐもんじゃないわい。もうちょっと頭をひねれば、良案が出るかもしれないじゃろ？」

「策があるのか？」

「じゃから、それをこれから……」

「そんなに悠長に構えている時間はない」

「それなら、何とかなるかもしれないぞ」

「……何？」


ふと、一つの案が浮かんだ俺は二人の話に口を挟んだ。

「お主……今、何と？　なんとかなるかも、というのは何じゃ」

「その空を飛ぶという話なら、何とかなるかもしれないと思ったんだが」

老教官は向き直り、俺の顔を見た。

「……ホッホウ。面白いことを言う男じゃのう。どうやって空など飛ぶというのじゃ？　まあ、ワシなら【浮遊（フロート）】で飛べるがのう？　流石にワシ一人で行って彼奴（あやつ）をとっ捕まえて来るなんてことはできんぞ」

「いや。多分、何人でも飛んでいけるはずだ」

「何人も？　そんな便利な方法があるのかのう……？　速さはどんなもんじゃ？　追いつけなければ意味がないからのう」

「それも大丈夫だと思う。結構、飛ぶのは速かったと思う。まあ、まだあいつが生きていればの話だが」

「……あいつ？　誰じゃ、それは」

誰、か。まあ、あれは人間ではないし、ちゃんと言うことを聞いてくれるかどうか、その辺りの保証もないが。

「多分大丈夫だ。この子がいれば何とかなると思う」

俺はすぐ側にいた、ロロの顔をじっと見つめた。

「……えっ……なに……？　……ボク？」

「……ホッホウ？　その子は、『魔族』の子……じゃな。成る程、な。では、聞かせてくれんかの？　お主のその妙案とやらを」

◇

他の仕事があるという【剣士】の教官と別れ、俺たちがあの『赤い光』を受けて竜が落ちていった場所に向かうと、そこには全身が黒焦げになった巨大な竜が倒れていた。

ピクリとも動かず、死んでしまったものかと思ったが、耳を当てると心臓はまだ動いているようだった。すごい生命力だ。

急いで治療をしてやれば、助かるかもしれない。

そんなわけで【魔術師】の教官が急いで【僧侶】の教官を連れてきて早速、竜の治療が始まった。

「私はこれまで、いろんな人や動物を癒してきましたが……こんなに大きな『竜』を癒すのは初めてですね」

【僧侶】の教官はそう言って笑い、炭のように真っ黒に焦げた竜の鱗に手を当てると、静かに何かを念じ始めた。すると見る見るうちに、黒く焼け爛れていた鱗が新たに生まれ、ヒビ割れていた爪と牙も再生した。とんでもない力だ。

あっという間にあの死に体だった竜に生気が戻っていく。

リーンから聞いたのだが、回復魔法は結構体力を使うものだという。

実際、俺に魔法を掛けてくれた後、彼女は少し疲れたようにしていたし、俺も【ローヒール】を使った後は腹が減る。

これだけ巨大な生き物を治すのは大変だろう。

「……セイン先生。やはり、私も手伝いましょうか？」

「これぐらい、なんでもありませんよ。私はこれが専門ですからね。それにリーン。貴方、少し無理をしましたね？　今は、それ以上力を使ってはいけません。休んでいなさい」

「はい……わかりました」

もしかして俺のせいで彼女に何か無理をさせてしまったのだろうか。

なんでもできると思って、頼りすぎたのかもしれない。会話を聞いて少し反省する。


「それにしても」


僧侶の教官は竜の身体に手を当てながら顔だけ振り向くと、笑った。

「本当に大きくなりましたね――――ノール。見違えましたよ」

「なに？　この男が……ノール、じゃと？」

どうやら、僧侶の教官は俺のことを覚えていてくれたらしい。

魔術師の教官はすっかり忘れてたようだが。

「ああ、本当に久々だな。そっちは二人とも全く変わらないな」

「ふふ、すぐにわかりましたよ。体格は全然違いますが、顔つきと雰囲気は昔のままですね。瀕死の【厄災の魔竜】を復活させるなど、どこの誰の提案かと驚きましたが……貴方だったのですね。

貴方の頼みとあれば、助力は惜しみません。オーケンの頼みだったら問答無用で断っていたところでしたが」

僧侶の教官は俺の記憶の中にある、昔とまったく同じ優しげな笑みを浮かべた。

「ホッホウ！　お前さん、あのノールか？　どっかで見たような顔じゃとは思ってたが……随分と大きくなったのう。ワシャあ、全然、気づかなんだわい！　時の経つのは早いもんじゃのう。あれから十年ぐらいは経ったかの？」

魔術師の教官も俺のことを思い出してくれたようだ。

もしかしたら、完全に忘れられているかもしれないと思っていただけに、思わず嬉しくなってしまう。

「十五年ぐらいだな。教官、俺もまたあんたに会えるとは思っていなかった。まだ、生きていたんだな」

「ホッホウ……？　お主、さりげなく酷いことを言うのう？　ワシャあ、あと百年は余裕で元気でいるつもりじゃぞ。お前さんより、長生きしてやるつもりじゃからのう？　ホッホッホウ！」

「はは、冗談も相変わらずだな。元気そうで何よりだ」

「いや、別に冗談じゃないからの……？　ワシはいつでも本気じゃわい！　ホッホウ！」

老人は自慢の顎ひげを揉みながら楽しそうに笑う。

それも、俺がよく知っている表情だった。本当に懐かしい。

「しかし、これが噂の【厄災の魔竜】か……凄い迫力じゃのう。あの『伝説』をこんなに間近で眺められるとは、長生きはするもんじゃわい」

「そうですね。私もまさか直に触れることになるとは思いませんでした」

「じゃが……本当に大丈夫なのか、ノールよ。またこの巨体が暴れ出したりしたら、ワシは止める自信はあんまりないぞ？」

魔術師の教官は、渋い表情で竜の巨体を見上げた。

この竜が暴れたら、もちろん俺にだって止める自信はない。

まあ、とはいえ、今ここには俺などとは比べ物にならない強者も沢山いるはずだし、それに何より――彼がいるのだ。

「心配しなくてもいい。ロロがいるからな」

「……ロロ、か。それがお主の名前じゃな」


俺がロロに目を向けると、魔術師の教官も彼に目を向けた。

その視線を受けるとロロはビクリと肩を震わせた。


「……ホッホウ。それで、自信のほどはどれほどかのう、ロロとやら」

「ううん……ぜ、全然……自信ない」

「……ホ？　ホッホウ……!?　じ、自信がない……とな……？」


魔術師の教官は急に絶望に打ちひしがれたような暗い顔をして、俺の顔を見た。

……何もそんな顔をしなくても。

ロロの自信なさそうな様子を見て、心配になるのはわかるが。


「大丈夫だ、教官。こう見えても、ロロは――」

俺が彼のことを説明しようとしたところで、突然、大地の底から沸くような地響きが起こった。

まるで地震のようにも思えたが、これはこの竜の唸り声だろう。

「そろそろ、竜の意識が戻りそうです」

「もうか？　凄いな」

「ホッ、ホホホ……本当に、大丈夫なんじゃろうな……!?」

「ああ。ロロ、頼む」

可哀想なぐらいに顔から血の気が引いている老教官にロロの『力』のことを話そうと思ったが、まあいい。

俺が自分で説明するより、実際に見てもらった方がずっと早いだろう。

「……う、うん」

ロロが目を瞑り、直後、竜が巨大な頸を持ち上げた。

地面に横たわっていた時も、とてつもない大きさと感じたが、やはり見上げると更に大きく感じる。

そして竜は四肢を大地に打ち込み立ち上がり、顎を天に向け咆哮した。

怒気を感じさせる慟哭が大地を揺らし、辺りに立っていられないほどの衝撃が走る。

その場にいるだけで、全身の肌がビリビリと震える。


「――やはり、大きい、な」


竜はぐるりと長大な頸を回転させると、俺たちの方に向き直った。

その水晶のように輝く巨大な眼球が、足元にいる存在を見つめた。

――あの竜に、見られている。

それだけで、身震いが起こる。

巨大な生き物が恐ろしいというのは本能的な感情なのだろう。

「……良かった。ちゃんと言うこと、聞いてくれそうだよ」

だがロロはその巨大な竜を前にして平静だった。

「そうか。凄いな」

とんでもないことを当たり前のように言う少年に、不安がっていた教官も感心したようだった。

「ホッホウ……本当に凄いのう。これは……なんというか……まじ、すごいのう……？　いや……本当に、これ……やばくない……？」

今度は逆に、驚きすぎて心配になってくる。

まあ、俺はこうなるのは知ってはいたし、そんなに心配などしてはいなかったが。

やはりこの光景は何度見ても凄い。

あの巨大な竜が小柄な少年、ロロを前にして大人しく従い、静かに座っている。

竜は身を屈めながら、低く地鳴りのような音を立てて唸っている。

その声の意味は何となく俺にもわかった。

「そうか、怒っているのだな」

俺は山暮らしが長いせいか、動物の機嫌は多少わかるつもりだ。

これは、彼らが何かに静かに怒っている声色――

自分の大事な何かを傷つけられ、それを取り返そうとしている時の感じだ。

「うん……そうみたい。あ、あと……お礼も言ってる。治してくれてありがとう、って」

「そうか」

確かに地響きのような声の中に、俺たちに対する思いやりのようなものが感じられる。

この竜……悪竜だとばかり思っていたが、実は案外凶暴なだけでもないのかもしれないな。

「なんと……そこまでわかるのか？　すごいのう、すごいのう……！　のう、ロロとやら……今度、通訳してくれんかのう？　いろんな研究が捗りそうじゃて」

「オーケン、順序が違いますよ――――まずは、どういたしまして、ですね」

竜に向かって子供のように目を輝かせる老人と、静かに笑って手を振る【僧侶】の教官。

対照的な二人を前にして、竜がまた低く喉を鳴らす。

「今、この竜が何と言ったかわかるか、ロロ」

「うん……この子、仕返しをしたい……みたい。それを命令して欲しいって、言ってる」

「な、なんと……命令しろとな……？　あの魔竜をそこまで手懐けておるのか!?　……そ、そりゃあ、すごいのう……！　まじ……すごいのう……!!」


この老人、さっきからすごいとしか言ってない気がするが気持ちはわかる。

正直、俺もずっと同じ気持ちだ。


「ああ、そうだ。ロロは凄いんだ」

「……いや、そうじゃなくて。この竜は、ノールのことを――」

『グゥアア――』


ロロが何か言おうとしたが、竜の咆哮にかき消された。


「……もう、早く、行きたいって」

「そうだな」

「ホッホウ……成る程。つまり、お前さんの妙案というのは、この竜の背中に乗っていくということかのう」

「ああ、そういうことだ。これなら、何人も乗れるだろうしな」

「……すごいのう……ホッホウ……豪快じゃのう！　いいのう！　ワシも一緒に行きたいのう！」

「ダメですよ、オーケン。貴方は石の檻の管理がありますからね。一緒には行けませんよ」

「わ、わかっとるわい……言ってみただけじゃい」

残念そうにしている老教官を尻目に、ロロとイネス、そしてリーンが次々と竜の背中に乗っていく。

「ロロとリーンも行くのか？」

「はい。魔竜にロロも同乗するなら、彼を護る人間が必要ですので。イネスと私がその役目をと思いまして」

「……そういえば、そうだな」

そういえば、そこまで考えていなかった。

ロロが行かなければ、誰も竜と話をすることができない。

でも、こんな子供を危険な目に遭わせるわけにはいかないだろう。

どうしたものか……？


「どのみち、私も行くつもりでした。先生も、もちろん行かれるのでしょう？」

「俺？　……うん……？　……俺も、行く……？」


いや……ちょっと、待ってほしい。

俺は空を飛ぶ手段を教えようと思っていただけで、別に自分が行くつもりはなかったのだが。

いや、ついて行こうと思えば、行ける。

そもそも、言い出したのは俺なのだし、一緒に行った方がいいというのはなんとなくわかる。


……だが、一つ、大きな問題がある。

俺は高いところが、苦手なのだ。

全くダメというわけではないが……かなり苦手だ。

高い崖の上に立つだけで身が縮こまり、何もできなくなる。

下さえ見なければなんとか動けるのだが……。

正直、あまり高いところに行くのは気が進まない。

でも、俺が巻き込んでしまったロロを行かせて、言い出した本人が行かないと言うのはおかしい気がする。

「わかった――――俺も…………………行く」

俺は覚悟を決めて、リーンに返事をした。

「私も一緒に行きますよ。患者の面倒は最後まで見たいですし、『話し合い』は私たちの得意分野ですからね？　ねえ、カルー？」

「……お前と一緒にするな。俺は悪戯に相手を恐怖させたりはしない」

不意に背後に真っ黒な装束に身を包んだ仮面の男が現れた。

もしかして、今までずっとそこにいたのだろうか。まるで気がつかなかった。

顔の大部分を仮面で覆ってはいるが俺はその姿に見覚えがある。

それは俺が訓練を受けた時に指導してくれた【盗賊】の教官だった。

「久々だな、ノール。俺も連れて行け。奴らの【隠蔽強化】の魔導具を貰ってきた。こんな大きなものを飛ばすというなら【隠蔽】は必須だ。俺がその役目を担おう」

「ああ、助かる」

「カルー先生、お願いします」

「ホッホウ！　イネスにカルー、そしてリンネブルグのお嬢か。これなら少数精鋭でも心配なさそうじゃのう。では時間もないことじゃし、早速出発を――」

「――少し、待ってくれないか。私も一緒に乗せてくれ。交渉役も必要だろう」

俺たちが竜の背中に乗り込もうとすると、また後ろから聞き覚えのある声がした。

「――お兄様？」

そこには、リーンのお兄さんがいた。

そしてそのすぐ後ろにはもう一人、見覚えのある人物がいた。

「――お父様も、ご無事で」

「ああ。心配をかけたようだな。お前も無事で何よりだ」

リーンがお父さんとの再会を喜んでいる間、リーンのお兄さんは真っ直ぐにイネスに向かって歩いて行って声をかけた。


「イネス。ミスラに行かずに戻ったのだな」

「……は。命令違反の処罰はどのようにも」

「いや……愚かな命令を出したのは私の方だ。よく王都に戻ってきてくれた、イネス。ノール殿も戻ってくれて、本当に助かった」

「まあ、呑気に旅行などしている場合じゃなかったみたいだからな」

「……ああ。見ての通りの有様だ」

「──だが、まだ終わっていないのだろう？　行くなら急いだ方がいいのでは」

「ああ、そうだな。では父上、行って参ります」

「ああ。頼んだぞ、レイン。現地での判断はお前に一任しよう。今や、お前の方が我が国の状況を把握しているぐらいだからな。結果はあとで知らせてくれればいい」

「はい」


そうして皆が竜の背中に乗り、俺も恐る恐る竜の背に乗ろうとしたところでリーンのお父さんが

竜の背中に乗った俺を呼び止めた。


「ノール殿」

「何だ?」

「頼ってばかりですまないが、二人をよろしく頼む」

「……ああ、心配するな。ちゃんと帰ってくる」

「頼んだぞ」


リーンのお父さんは真っ直ぐに俺の目を見つめ、傷と皺の刻まれた顔に柔らかな笑みを浮かべた。

「……いいよ、飛んで」


ロロの静かな言葉に反応するように、竜が大きく羽ばたいた。

それだけで辺り一帯に嵐のような暴風が吹き荒れる。

強風に吹き飛ばされた瓦礫や土埃が舞う中、衝撃と共に巨体が持ち上がり、俺たちは空へと舞った。

◇

「行ったな」

「ああ」

巨大な竜が飛び去った後、屹立する岩の壁の陰から一人の人物が顔を出した。

その脇には、銀色の鎧に身を包んだ巨軀の人物が佇んでいる。

【剣聖】シグと【盾聖】ダンダルグと呼ばれる二人は、次第に小さくなる竜の影を見つめながら静かに並んでいた。

しばらく無言で空を眺めた後、重厚な鎧を身にまとった大男が口を開く。

「なあ、シグ。本当に良かったのか？　あいつ……ノールに声をかけてやらなくて」

「別にいい。あの少年が無事に生きていたことがわかった。それだけで十分だ」

「でもお前、あいつを探してたんだろう？　あいつがいなくなったのは自分の責任だって、ずっと言ってたじゃねえか」

「それはお前も同じことだろう」

「そりゃあ、まあ、あの時は全員同じように責任は感じてたがよ……流石に、お前が仕事を全部放り出して『あの少年を探す旅に出る』って荷物まとめだした時は焦ったぞ？　……そんな奴に、やっと会えたんじゃねえのか」

「もういい。その用事は、もう済んだ」

「済んだ？」

「……元より、俺たちの出る幕など無かったと言う話だ。我々があの素質ある少年を引き取って育てようなどと——とんでもない思い上がりだった。あの少年がまさか、あそこまでの人物になっていようとは」

二人は辺り一面に散らばる剣と盾、そして敵の主力であったであろう魔導兵器の残骸を眺めた。あれをたった一人の人物が万を超える兵の中に飛び込み、全て叩き落とした結果などと、とても信じられなかった。

「……そうだな。あいつの前じゃ、俺ら【六聖】も形無しだ。オーケンの爺さんが言ってた通り、ほっといても勝手に育っちまったな。それもあんなに強く——あれじゃあ、まるで御伽噺の英雄様だ。本当に、笑っちまうぜ」

ダンダルグはそう言って肩をすくめ、巨大な体を愉快そうに揺らした。

「……ダンダルグ。王都が復興を終えたら、手を貸してくれ。俺はこれから、一から鍛え直す。でなければ……追いつけん」

腰の剣に手を当てながら静かに言葉を発する男の顔は真剣そのものだった。

「おいおい。まさか、その歳で挑戦者のつもりか？　構わねえが……俺らももういい歳なんだし、もうちょっと落ち着いたらどうだ？」

「剣の道に終わりはない。己の未熟さを思い知らされたからには、呑気に剣を錆びさせている場合ではない。これから死ぬ気で励まねば——何処までもあの男に置いていかれる」

「……まあ、お前がそういう奴なのはもう知ってるけどよ」

どこまでも融通のきかない長年の友人の言葉に、ダンダルグは頭を掻きながらため息をついた。

「……そこまでなのか？　俺は直接見ちゃあいないが」

「ああ。俺は今、自身の怠慢を心底恥じている。他人に何かを教えられるつもりになっている場合では無かった、とな」

そう言いながら【剣聖】シグは剣の鞘を指先でトン、トンと撫でている。
この動作はこの男がとても機嫌の良い時の仕草だと、付き合いの長いダンダルグは知っている。

「その割には随分と――嬉しそうじゃねえか」

その指摘にあまり笑わない男が口の端を大きく吊り上げる。

「……当然だ。あんなものを見せられてはな」

その非常に珍しい笑顔につられて、巨軀の男も破顔した。

「まあ、そうだよなあ……あんなもんを見せられちゃ、誰だって、なあ」

二人は肩を並べながら、空の向こうへと飛び去る【厄災の魔竜】を眺め、その姿が消えるまでじっとその場に立ち、見送っていた。

42　光の大盾

私たちはこの方角に逃げている筈の皇帝を追って、魔竜の背中に乗って空を進み――すぐに国境を越えた。

今、【厄災の魔竜】には【隠蔽強化】の魔導具を使って【隠聖】カルー先生の【隠蔽】が施されている。

ここまで、三つほどの街と関所を通過したが、地上では誰も気がついた気配がない。

おかげで、魔導皇国の領土を、誰に咎められることなく進んで行くことができた。

でも――

「逃げるとしたら、この方角しか有り得ないが――どうだ？　何か見つかったか？」

「いや、それらしき人物は【探知】に掛からん。そっちはどうだ、リンネブルグ様」

「いえ……私も先程から探していますが、見当たりません」


私とカルー先生はそれぞれ、【探知】【鷹の目】【遠視】【透視】のスキルを駆使して周囲を捜索し続けている。

でも、皇帝の姿は一向に見つからない。

出発してから随分、進んできたように思うのに。


「【隠聖】とリーンの二人掛かりで何もないとなると、もう随分と先に行かれてしまったようだな。最悪――奴は既に皇都に辿り着いている可能性もある」


私たちの乗る竜が大きな谷に差しかかり、その両岸に架かる長い橋が見える。

あれが、昔から王国と皇国を隔てる境界線だったと言う『鋼鉄の橋（アイアンブリッジ）』。

あの橋を越えると、皇帝に追いつくことが更に難しくなるだろう。

あの先には幾つもの厳しい要塞が築かれている。

皇帝の棲まう本拠地『皇都』はその先にあり、そこまで逃げ込まれてしまえば、相手を捕らえることは困難だ。

皆そのことは承知している。

まず、カルー先生が口を開いた。

「ここまで来ておいて何だが、引き返すことも考慮に入れなければならんだろう。ここから先は本格的に皇国の支配地域だ。クレイス王国との国境付近には無数の要塞があって、桁違いの量の軍備も整っている。無闇に突っ込むわけにもいかん――どうする？」

「そうだな――」

「ノール先生はどう思われますか？　……先生？」

兄とカルー先生の会話に、私はノール先生に意見を求めようと声を掛けたが、先生は地上には目も向けず、天を仰ぎずっと無言のままだった。

目を瞑り、ずっと何かを考え込んでいる様子で、私の問いかけにも一切反応を示さない。

いったい、何をお考えなのだろう。

私が疑問に思いながら先生の背中を眺めていると、ふと視界の奥に光るものを見つけた。

【遠視】のスキルで確認すると、金色の鎧を纏った馬が、途轍もない速さで地を駆けている。

「あそこ――――何かいます。凄い速度で移動しています」

「あれだ。ようやく見つけたな、奴が皇帝だ。だが、もうそろそろ皇都の防衛網に近いエリアだ。追うか、引き返すか、今すぐ判断する必要がある」

皇帝が馬を走らせ、巨大な魔鉄（マナメタル）製の門に吸い込まれていった。

その周りには石と魔鉄を複合させた巨大な城壁が築かれ、その上部には戦場で見かけた黒い筒状の魔導兵器が何門も並んでいる。

そして、その先には幾つもの要塞が立ち並ぶのが見えた。ここから先には魔鉄で建造された威容の兵器が立ち並ぶ一帯がある。

代々の魔導皇国の皇帝が隣接する王国の力を警戒する余り、五十年の長きにわたって築いた拒絶の壁。

このまま彼を追うとすれば、私たちはこの少人数でその死地に突っ込むことになる。

「……追うとすれば、あれらを越える必要があるということですね」

「ああ。だが、とてもではないが、俺にはあれを越えて、無事に帰ることなど想像もつかん。行きはまだいい。だが、帰りはどうしても【隠蔽】の効果は薄くなる。無傷で帰ってこれるとは思わないほうがいいだろう」

カルー先生も、私と同じ懸念を抱いているようだった。

「カルーの言うことは理解しているが、ここで奴を逃す選択肢はない」

兄が苦い顔で言う通り、今ここで皇帝を逃せば、必ず、軍備を増強して次の報復に出てくるだろう。

今回、王国に攻め込んできた兵士たちは、殆どが貧民や農民、そして隣国から溢れた難民を徴用したものだった。皇国は素人同然の人間に、優れた武器と防具を持たせることで、あっという間に強力な兵を揃えることができる。

魔導皇国の強さは、そうした強力な魔導具を「造り続けられる」ことにある。

優れた武器と防具は資源さえあれば、いくらでも量産可能。

加えて領土の拡大を続けている皇国は、資源を豊富に蓄えている。

何より恐ろしいのが、彼らは人間でさえ消費可能な「資源」としか見ていないことだ。

今や、あの国にその『資源』は沢山ある。

皇帝自らが引き起こした戦乱で増えた貧民や難民に「富と名誉」を与えると言い含め兵として駆り出す。

そうすれば簡単に数が揃えられるのだ。


最早、戦争は始まっている。

彼らは少しの時間さえあれば、戦力を増強できる。

今回の軍備で大敗を喫した以上、次はより強大な兵装を揃えた上で攻め込んで来る。

今の彼らに、絶対に時間を与えてはいけない。

もし、そうなれば――


「レイン様、リンネブルグ様。それでは、私に殲滅の許可を頂きたいのですが」

不意にイネスが私たちの前に歩み出た。

そして彼女は殲滅の許可が欲しいと、そう言った。


「……殲滅？」

私は今の今まで、肝心なことを忘れていた。

彼女が何故【六聖】の冠する【聖】の更に上の称号を戴いているのかを。

その『伝説』級とまで評価される人物の能力を。


【神盾】イネス。彼女の能力の本質は、護ることだけではない。

【神盾】と並び【神剣】の名も与えられているにもかかわらず、彼女が敢えて普段『盾』を名乗るのは、そちらの方が優れているということではない。

むしろ、その逆。『剣』は強力過ぎてろくに使えないということに起因する。


そう、私は、すっかり忘れていたのだ。

あまりに長く彼女と一緒にいたが為に、彼女があまりに私に従順に尽くしてくれるが為に、完全に見落としていたのだ。

ここにいる傑物はノール先生だけではないのだということを。

途轍もない規格外がもう一人、この目の前にいたことを。


「カルー先生の仰るとおり、このまま私たちが進む必要があるとすればここは帰り道にもなりましょう。であれば、今のうちにあれらを殲滅しておくのが賢明かと」
眼下に拡がる要塞群を殲滅すると、彼女はまるで当たり前のように言う。
確かに、彼女の言う通りだ。
帰り道にもなるなら、脅威は排除しておいた方がいい。
それが可能だと言うのなら。
そして彼女にはそれができる。できてしまう。

「ああ。やってくれ、イネス――――思う存分、な」
「畏まりました」

イネスは普段なら、こんなことは言いださない。
彼女は人を徒に傷つけることは好まない。
少し意外に思った。でも、考えてみれば当然のこと。
今、皇国に苛立っているのは、この竜だけではない。
兄も、もちろん私も。
そして彼女もまた怒っていたのだ。

自身が生まれ育ち、彼女が命をかけて守ると誓った街を、あんな風に滅茶苦茶に踏みにじられたことを。

――声には出さなかっただけで、彼女はずっとずっと、静かに怒っていたのだ。

「……ロロ。すまないが、この竜に伝えてくれないか。今からできるだけ低く飛んでくれ、と。それと一人、少しの間、頭の上に乗るが、どうか気を悪くしないでくれ、と」

「……う、うん……わかった。言っておく」

「では、頼んだ」

イネスは静かに竜の背中の上を歩き出し、そのまま長い頸を淡々と伝い、魔竜の頭上で立ち止まった。

途端に竜が急降下し、あっという間に聳え立つ魔鉄の要塞が目前に迫る。

私たちは振り落とされないように竜の背中に必死にしがみつくが、イネスは竜の頭の上に立ったまま、彼女の華奢な腕を大きく振るい、【厄災の魔竜】の巨体を覆い隠せるほどの巨大な『光の盾』を生み出した。

そして、そのまま『盾』を更に大きく拡げ、横に薙いだ。

「【神盾（ディバインシールド）】」

一筋の光が水平に走り、威容を誇る魔鉄の砦が断たれ、綺麗に上下二つに分かれた。
同時に要塞に備え付けられていた全ての黒い砲門が破裂する。

イネスは続けざまに二回、三回と巨大な『光の盾』を振り回し、その度に目前の巨大な建造物が割れていく。
竜は地面スレスレを飛び、彼女は近づくもの全てを斬り刻んでいく。

そうして、私たちはすぐに一つの防衛網を突破した。
竜は加速し、すぐに次の要塞が迫ってくるのが見える。
無数の砲門が私たちに向いた。
だが――

「【神盾（ディバインシールド）】」

再び、眩い閃光が走り、聳え立つ頑強な要塞はあっという間に賽子のように刻まれ――私たちの脇を瓦礫の破片となり流れ去っていく。

見るもの全てを威圧するかのようだった建造物が次々にただの金属の塊となり、大地に音を立てて崩れる。

そんな光景がひたすらに目の前で繰り返されていく。


「……凄い」


これが、イネス。

【六聖】全てをして「絶対に敵に回したくない」と言わしめた、クレイス王国最強の『盾』にして最強の『剣』。

「これで――帰り道は確保できたと思います」

「……そうだな。ご苦労だった」

あの要塞群を細切れに刻んだ彼女は息一つ切らしていなかった。

ただ見ているだけだった私の心臓は激しく脈打っているというのに。

でも、兄もカルー先生も、冷静そのもので、凄まじい光景に全く動じず、瓦礫がロロに当たらないように払い除けていた。

なんて、凄い人たちなのだろう。

そしてノール先生に至っては、先ほどから目を瞑り、天を仰いだまま微動だにしない。

まるで、こうなることが全てわかっていたかのように。


「──皇帝の馬が見えたが、想像よりも速いな。竜はこれ以上、速くはならないのか？」

「……うん。なるべく急いでもらってるけど……ボクらを振り落とさずに運べるのは、これが精一杯みたい」

「そうか」


皇帝は馬を走らせる速度を更に速め、翔ぶような勢いで地面を駆けていく。

とっくにこちらの【隠蔽】は解けている。私たちの存在を確認し、全力で逃げているのだろう。

王類金属(オリハルコン)の馬具で強化されたあの駿馬は、こちらの竜が飛ぶ速度よりもずっと疾い。

このままでは彼が先に皇都へと辿り着く。

「……リーン。覚悟を決めてくれ。ここでの我々の働きが戦の趨勢を決める。我々はこのまま皇帝を追い、皇都まで行く」

レイン王子(あに)は私に覚悟を求めた。
向かうのは、相手の本拠地『皇都』。何が待ち受けているのかはわからない。
でも不思議と私の心に全く不安はなかった。

——私の周りには彼らがいる。

王国最強の『盾』、【神盾】イネス。
そして、私と六歳しか違わないのに既に王(ちち)からクレイス王国の内政を任され、王に次ぐ権限で【王都六兵団】の指揮をする我が兄、レイン。更には、遍(あまね)く気配を断ち、王都の諜報に活躍する全ての【盗賊(シーフ)】職を統べる【隠聖】カルー先生と、伝説に謳われる【厄災の魔竜】の巨体すら一瞬で癒した【癒聖】セイン先生。その伝説の竜をも手懐ける魔族の少年、ロロ。

そして、誰より。

【厄災の魔竜】とたった一人で対峙し、竜の『破滅の光(ブレス)』さえものともせず、万の兵を一瞬で無力化し、たった今の凄絶な光景にもほんの僅かな動揺さえ見せなかったノール先生。

彼は今も腕を組み、じっと空を見上げている。

私たちの会話はきっと聞こえていたはずなのに、一言も発さない。


――いや。

おそらく先生は今、静かに聞いているのだろう。私たちの『覚悟』を。

おそらく、先生ほどの強者となれば皇国に単身乗り込んだとしても、簡単に生きて帰って来られる。事実、先生にとっては皇国が侵略に持ち込んだ最先端兵器も玩具同然でしかなかったのだ。

皇国に乗り込む、乗り込まないという問題は先生にとっては実際、瑣末な話なのだろう。

……時々、思うことがある。

先生は未だ、実力の片鱗すら見せていないのでは、と。

実際、この人は今まで、自分から攻撃をする素振りすら見せたことがない。

今までのことも、身に降りかかった露を払う程度のことだと思っているのかもしれない。

そんな人についていこうという私が、こんなところで怖じ気づいていて、どうなるというのだ。

「はい――彼らが誰に手を出したのか、思い知らせてやりましょう」

私がそう言うと、無言で空を見上げていた先生は、竜の力強い羽ばたきと共にカクン、と首を縦に動かしたように見えた。

……本当に、この人は底が見えない。

戦いでの強さも、思慮の深さも。そんな人が私たちの側にいるのだ。

それだけで、負ける気はしない。

そう、何の心配もする必要など無いのだ。

私は今、考えうる限りの『最強』に囲まれているのだから。

43　魔導の火

魔導皇国の首都、ネール。

大陸経済の一つの要にして、周辺の小国家を統べる、政治的にも中央となる巨大都市。

その広大な都市（まち）を守護する頑強な魔鉄（マナメタル）製の城壁の中に聳え立つ、ひときわ重厚な黒鉄（くろがね）の魔導門には動力を伝えるための魔法紋が刻まれ、紋には淡い光が走っている。

高度な魔導の技術によりある種の知能を与えられている黒い大門は、刻まれた紋様を俄（にわ）かに発光させ、そこに近づく主人（あるじ）の存在を感知し、自ら開いた。

そうして、音もなく開いた大扉の間を、煌びやかな黄金の鎧を纏った老人が目にも留まらぬ速度ですり抜けていく。

そのまま老人と、同じ黄金色の鎧を着せられた馬は、そのまままっすぐに皇都の中心にある一番背の高い建造物へと駆け込んだ。

「――忌々しい。実に、忌々しい」

黄金の鎧を着た人物は、精緻で荘厳な装飾のなされた建物の中に入るとすぐさま馬から降り、険しい表情で毒づきながら、備え付けられた魔導の力で駆動する彼専用の【飛翔昇降機(エレベーター)】に乗った。
向かう先は世界を統べる『皇(おう)』を自認する男が座する玉座の存在する、最上階。
【飛翔昇降機(エレベーター)】は、その男が本来いるべき『帝王の間』まで運んだ。
そうして男が部屋に入ると、そこにいた臣下は汚れだらけの皇帝を目にし、驚きの声をあげた。

「……陛下？　ど、どうされたのです、そのお姿は。それに他の者は、どうされたのです……？」

皇帝の留守を任されていた政務官は、戸惑いを隠せなかった。
なぜなら目の前にいる皇帝は今頃、万の兵を率いて隣国のクレイス王国に攻め入っているはずだったからだ。

「――――もう良い。あれらは役に立たなかった。忌々しい……無能共め。幾ら良い武器(もの)を与えても、あれほど使えぬ者揃いでは仕方が無いではないか」

皇帝は乾いた唇を噛む。

自分はあの時、情けなくも恐怖に駆られ逃げ出した。

だが今となっては怒りだけが込み上げてくる。

なぜ、あんなにぞろぞろ連れていった兵が、ろくに役に立ちもしなかったのだ。

なぜ、有能だと思っていた臣下たちはあんな作戦を立案したのだ。

それを信じた己が莫迦のようではないか——忌々しい。

そして今も、皇帝自らが国で一番有能だと信じて取り立てた男が無様に狼狽し、窓の外を見つめている。

「へ、陛下。あれは、なんです——!?」

彼の声は震えていた。皇帝もその方向を見遣る。

「……何事だ……? ……あ、あれは、まさか」

皇帝も玉座の間の大窓の外を眺め、狼狽えた。

いつものようにあれは何だ、とは聞かなかった。

それは先ほど自身が王国の空で目にしたものだったからだ。

見憶えのある巨体が皇都の上空を舞い、まっすぐに皇城（こちら）へと向かってくる。

「……あれは【厄災の魔竜】？　――なぜ、あれがここに」

皇帝は心底疑問に思った。

皇帝（じぶん）はここまで脇目も振らず、駿馬を最高速度で走らせてきた。

馬の鎧に『付与』した【風除け】の加護のおかげで、それこそ風そのもののように爽快に走り抜けてきた。

この速度であれば誰も追いつくことなどできまい――そう思って、皇都へと辿り着くまで振り返ることなどしなかったが、不思議なことに、途中、馬が急に速度を上げた。

夢中で馬の背中にしがみついていた皇帝には理由は判らなかったが、今、その原因がはっきりとした。

あれが、理由だ。

「そんな――あれは『光の槍』で倒した筈では」

皇帝は誰にともなく問いかけた。

だが、臣下の声を待たずに、すぐに自身で答えを出した。

同時に、体の底から震えが来る。


「まさか、あれをまた、蘇らせたというのか」


そうだ。あの国にはあの異常な回復術を身につけた、悪魔のような男【聖魔】セインがいる。

忌々しい……奴が、あの竜を復活させたのだ。


「だが、何故」


何故、あの竜が奴らの都合の良いように動いている。

神聖教国に狩られるだけ狩られ、今や希少な資源となっている『魔族』は全て、商業自治区サレンツァから来たあの奴隷商が支配している筈だった。

なのに、何故。

そう言いかけて、皇帝はすぐにある可能性の存在に思い当たった。

途端に、皇帝の頭は怒りに支配された。

「あの男……!!　寝返ったのか！　彼奴は！　あの男はどこだッッッ！」


商業自治区から来たという『奴隷商』。

屈強な獣人族の群れを管理し、魔族を使役し、強大な魔物すら意のままに動かす。

きっとあの怪しげな男が何か仕組んだのだ。そうに違いない。

あれだけ目をかけてやり、礼金も弾んでやったというのに。

皇帝は拳を握り、怒りに震えた。


「……ルード殿ですか？　なんでも急用ができたということで、先ほど商業自治区へ出発されました」

「くそ、あの狸めが……！　愚か者め、何故、引き止めて置かぬのだ！」

「……へ、陛下があの男には特別待遇を、と――ぐっ――？」

黄金の鎧を纏った皇帝に首の根元を掴まれ、側近の男は苦しそうに眉を寄せた。

幾ら老人とはいえ『王類金属（オリハルコン）』で筋力が増強された人間の力に、普通の人間が敵う筈もなく、男はされるがままに床に投げ出された。

「……もう良い、あれを出せ。あの竜はあれで焼く」

「……へ……陛下……？　あ、あれ、と申しますと」

男は皇帝の横暴にむせ込みながらも、尚も役目に忠実に意図を伺う。

「【神の雷(ケラウノス)】を使う。準備しろ」

「へ、陛下……お、お言葉ですが」

だが皇帝のその命令に、いつも忠実な男が言葉を返した。

その顔には焦燥の色が浮かんでいた。

「まだあれは試験段階で――――照準がまともに調整できず、今すぐの使用は危険です……！　そ、それも、こんな都の中でなど……！」

「……愚か者め。目の前にあるものが見えぬのか。あれの『光(ブレス)』は全てを焼く。やらなければ、やられるだけだ。すぐにやれ」

「で、ですが、現段階での使用は思わぬ二次被害が出る可能性も――――な、何か別の手段を用いて」


皇帝は尚も反対を続ける男の言葉を遮り、思い切り蹴り飛ばした。

その皇帝の忠実な僕(しもべ)だった男は、吹き飛ばされ壁にぶつかり、動かなくなった。

皇帝はその様子を眺めながら、その部屋に居たもう一人の男の補佐官に向かって命じた。


「やれ。一発撃てればそれで良い。撃てばアレは沈む。先刻、『光の槍(ブリューナク)』で実証済みだ。それを上回る威力であれば、何の問題もない」

「……は、はい」

「それと砲身に【魔力追跡】を付与せよ……照準が駄目なら、それで補えば良いのだ、あの無能め。絶対に外すなよ」

「は、はい！　御意のままに」


忠実な臣下は皇帝の命を実現しようとすぐに動き始めた。

汗ばんだ皇帝の顔に喜色が浮かぶ。

――そうだ。これでいい。

予定は大きく変わったが、魔科学の粋たる至高の魔砲を以て、伝説の【厄災の魔竜】を退け、魔導の力を、皇国の力を世に知らしめる。

そこは変わらない。この竜を沈めれば、それはすぐに叶うのだ。

忌々しい隣の王国を潰すのは、その後でも良い。


既に本日を以って戦争の火蓋は切られた。

ここからは愚かな臣下が提案した騙し討ちのような作戦ではなく、正面からぶつかるのが良い。

至高の兵器【神の雷(ケラウノス)】を改良し、真正面から力で叩き潰す方策をとるのだ。

元々、国力で勝るのであるから小細工など必要ないのだ。

威風堂々たる姿こそが我が皇国にふさわしい。

その威容を想像すると顔がほころぶ。


次は、必ず勝てる。

今回の遠征では多少の犠牲はあったが、情報は取れたのだからそれで良い。

そして何より、無能揃いの将軍たちでなく自らが直接、指揮するのだから。

皇帝は気分を昂ぶらせながら、自らの権威の象徴たる『玉座』に着いた。

「……まだか。急げ」

「は、はい。さ、先程、【通話魔導具（コール）】で管制室に指示を出しました。今、砲手と繋ぎます……しばし、お待ちください」

「早くしろ、のろまめ」


そして、砲兵と繋がれた【通話魔導具（コール）】から声がする。


『【神の雷（ケラウノス）】――ほ、砲撃の準備ができました』

「では、撃て。すぐにだ」

『で、ですが――今、皇都監視隊から連絡がありました。あの竜の背中に、何かが』

「黙れ、撃て」


数瞬ののち、玉座の間を明るく照らしていた、魔導の光が弱まった。

【神の雷（ケラウノス）】はここ、皇都の全ての魔力（マナ）を必要とする。

皇都の至る所に設置された無数の『魔力炉』で生み出された膨大な魔力（マナ）――それを一箇所に集め、凝縮し、放たれる神すら焼くであろう至高の雷。

それが、【神の雷（ケラウノス）】。
戦場に携行できるサイズの『光の槍』とは桁違いの威力。
皇国の魔導技術の粋を結集した人類の知恵の結晶。

「――――ふふ、ははは」

皇帝は大窓の外を眺めながら、笑みを見せた。
それは余裕と哀れみの嘲笑だった。
あの竜も、思えば可哀想なものだ。
先程一度死にかけたのにまた復活させられ、また撃ち落とされるとは。
なんとも哀れな『伝説』だ。だが、もう次はない。
今度は跡形もなくなる程に消し飛ばしてやる、と。

皇帝が心の中で嗤った瞬間、【神の雷（ケラウノス）】に魔力（マナ）を回した皇都の明かりが全て消えた。

そしてすぐさま皇都の一点で光が膨張し、間もなく、沈んだ太陽が再び現れたかのような強烈な光の塊が、『王類金属（オリハルコン）』と『魔鉄（マナメタル）』の合金で製造された長大な砲身から射出された。

それはその名の通り【神の雷】の威容となって、空を引き裂きながらまっすぐに「竜」へと向かう。

だがこれは神の光ではないと、皇帝は想う。

人の光だ。人間が産み出した、人智の光。

この地上で最も優れた智慧の生み出した至高の光は、その魔力波動に刻まれた『加護』によって、今や標的(まと)から外れることはない。

どんなに逃げようとも、避けることは能(あた)わない、必滅の光。当たれば必ず、何であれ滅びる。

皇帝は激しい光をその身に浴びながら嗤った。

これが済んだら、今度はあれを王国に直接撃ち込んでやるのだ、と。

もはや、多少なりとも迷宮が傷つこうが構わない。

我らは既に神にもなり得る力を手にしているのだと。

先ほどは愚かな家臣どものおかげで、十全に力を発揮できなかっただけのこと。

だが、次はそうではない。

この『賢帝』自らが指揮をとるのだから。

――皇帝の顔が更に愉悦に歪む。

さあ、ここからが本番だ。
彼奴らには思わぬ煮え湯を呑まされた。
その復讐をやりとげようではないか。
皇帝は次なる希望に胸を膨らませ、自らが生み出した神々しい光が竜の姿を包み込むのを目撃しようと身を乗り出した。
だが――

「パリイ」

眩い太陽のように輝く強烈な光は、何故か竜の真上に打ち上がった。

「…………あ…………？」

打ち上げられた光はそのまま上空に昇っていくと、樹が枝分かれするように分裂した。
皇帝が呆気にとられて様子を見守る中、その無数の分岐した光はそのまま弧を描くように下方へと軌道を変え、更に無数の流星のように分裂して皇都に降り注いだ。

「…………ああ……あ…………？」

皇帝は呆気にとられながら、落ちる光の行く末を目で追った。

分裂した光はその魔力波に刻まれた通りに、大きな魔力に引き寄せられるよう軌道を修正していく。

【魔力追跡】の加護によって光が引き寄せられる先の一つに――買い集められるだけ買い集め、吸収した国々から献上させられるだけさせて集めた大量の魔石を集積して建造した、皇都でも随一の魔力供給源――『魔導炉心(マジックコア)』を備えた魔導具研究施設群があった。

そこは【神の雷(ケラウノス)】の砲身が置かれた、皇国の最上の技術と知識が結晶する地。

そこにあるのは数百年にわたり皇国が歩んだ歴史、そのもの。

それはどの国よりも優れたる権威を示す魔導皇国の力の源であった。

天から落ちる光が、皇国の根幹全てを支える複数の魔力供給源へとまっすぐに向かっていくのを皇帝は眺めていた。

その中で『魔導炉心（マジックコア）』に向かう光の群れは、一際強く輝いて見えた。

まるでそれが生み出された場所に引き寄せられるかのように吸い込まれていく無数の光を目にして、皇帝は、やっと目の前で起きている事態を理解した。

「――や、やめ……て。やめて、くれッ……！　……そこはッ、そこだけはッッッ――！」

皇帝は誰にともなく叫んだが、最早それを聞く者はいなかった。

周りの臣下は既に何処かに去り、皇帝は玉座の間に一人で取り残されていた。

そうして『帝王の間』の窓から見える皇都の空は、眩ゆい白に塗り替えられ――

「――や……やめぇ――」

その日、皇都の全ての魔導の火が消えた。

44　玉座の間

俺はどれぐらいの間、気を失っていたのだろう。

竜の背に乗って空を飛んでいても、下さえ見なければ大丈夫……などという、俺の甘い幻想はすぐに打ち砕かれた。

出発前の俺は、必死に目を瞑り、とにかく空だけ見上げていれば、少なくとも地面は目に入らないし何とかなるのでは――なんて思っていたが、実際は想像を絶する恐怖の連続だった。

まず、思っていたより……ずっと揺れる。

想像していたよりもずっと、竜が上に下に、動くのだ。

そんな中で目を瞑っていると、尚更、恐怖は倍増した。

周りで話し声が聞こえ、リーンが何かを尋ねてきたように思えたが、ちょっと何を話しているのか理解できないぐらいに心臓が脈打ち、それに応えるどころではなかった。

予想外の振動が内臓を刺激し、しばらく何も食べていないというのに何度も吐きそうになる。

それでも――俺は耐えた。どうにか途中までは、持ち堪えた。
途中までは、なんとか、持ち堪えていたのだ。

――だが、すぐに限界が訪れた。


竜がいきなり急降下をはじめたのだ。

俺は恐怖で目の前が真っ白になり、そのあとのことはよく覚えていない。

その間に竜の背中から落っこちなかったのは、奇跡とも言える。

だが気が付いた時には、目の前に顔を灼くほどのとても眩しく輝く光があり――

即座にまずいことになっていると直感した。


「――なん、だ――？」


目を醒ましたばかりの俺にも、その光はすぐに危険なものだとわかった。

それは竜の吐き出した『光』よりも、竜を焼いた『赤い光』よりも、もっとずっと強烈な光。

もし、俺たち全員があれに飲み込まれれば、みんな、あの時の竜のように丸焦げになる。

俺は咄嗟に剣を握って竜の背中を全力で蹴り、その光の中に飛び込んだ。

光に近づくだけで、あっという間に肌が焼かれる感触があった。

空に跳び出す恐怖に思わず目を瞑るが、どのみちとても、目など開けてはいられない。

途轍もない熱で皮膚が灼けるのを感じる。

だが――


「パリイ」


俺は強引に『黒い剣』で光を空に押し上げた。

すると剣の持ち手に手応えを感じ、目を閉じたままでも光が弾かれるように遠のく感じがした。

俺が恐る恐る目を開けると、天に昇っていく光の柱と、羽ばたく竜の姿が見えた。


――よかった。

竜への直撃は免れたらしい。

巨大な光の柱は遥か空の上で綺麗な弧を描いて分裂し、弾けるようにいろんな方向に散り散りになり――まるで流星の群れのように尾をひいて地上へと向かっていく。

それは思わず目を奪われるような幻想的な光景だったが、俺はすぐに自分が空の高みにいることを思い出し身体を硬直させた。

「――あ」

そうして俺は全力で竜の背中から飛び出した勢いのまま、空中をすっ飛んでいく。

浮遊感に生きた心地がしないまま、俺はなすすべもなく、近くにあった背の高い建物に、頭から突っ込んだ。

凄まじい衝撃が俺の体を襲う。

かろうじて持っていた剣を盾にできたから良かったようなものの、建物の壁は頑丈そうな金属でできており、とんでもない硬さだった。

だが、そんな硬い壁にぶつかっても、俺の身体はなかなか止まらない。

次から次へと重厚な作りの壁が迫り、俺はその度に強引に黒い剣で砕いて身を守る。

そんなことを繰り返し、壁を何枚かぶち破ったところで――俺は床を転がりながら、いつの間にか広い部屋へと辿り着いた。

「……よかった。止まった」

どうにか地上に落下せずに済んだらしい。

俺は胸を撫でおろし、ちゃんと、そこに床があることの幸せを噛み締めた。


本当に、運が良かった。

……だが、ここはどこだろう?

そう思って見回すと、そこには見覚えのある金色に輝く鎧を身につけた老人の姿があった。


きっと、さっきと同じ老人だ。

あんな奇抜で派手な鎧を着ている老人など、そうそういない。

彼は鎧と同じように黄金に光り輝く派手な作りの椅子に座り、その周りには暗紫色の鎧を身に纏った兵士たちが立ち並んでいる。

あの鎧は多少の見た目の違いはあるが、先ほど見かけた兵士たちが着ていた鎧とよく似ている。

……ということはやはりあの集団は皇国の兵士だろう。

となると、俺はまずい場所に入って来てしまったのかもしれない。

だが、少し様子がおかしい。

「な、何をする！　貴様ら、これは謀反だぞ……!?　わかっているのか」

「……御覚悟を。これも皇国の存続の為なのです」

兵士たちは俺の存在には目もくれず、老人を囲み、何かを言い剣を抜いた。

なんだか、今にも斬りかかりそうな気配だ。

あの老人は皇国の『皇帝』だと聞いていた気がするが……もしかして、違うのだろうか？


「貴方にはここで死んで頂きます」

「――や、やめッ――たすッ、助けッ……誰かッ!!」

「陛下。もう、ここに貴方に従う兵はおりません。後のことは我ら十機衆が引き継ぎます故、どうか、安らかに御眠りください」

「ヒッ」

「では、これにて――御免」


鎧を着た兵士の中でもひときわ背の高い男が老人に向かって大きな曲刀を振り下ろした。

「パリイ」

俺は一気に老人の前まで踏み出し、その背の高い兵士の曲刀を弾いた。

大振りな曲刀は兵士の手を離れ、部屋の天井に突き刺さった。


「……え……？」

「――――ヒッ」


俺の姿を見ると、老人は身を竦ませた。

突然割って入った俺に驚いたのか、剣を弾かれた兵士が声を荒らげる。

「な、何者だ、貴様!!　此奴を庇おうというのか！　邪魔をするな……この愚かな皇帝のせいで！

こんな愚かな皇を戴いたばっかりに、我らの国は……!!」

「……事情はわからないが、落ち着け」

俺と老人は兵士たちに取り囲まれる格好になった。

彼らはまた大小様々な黒い筒状のものを取り出し、俺たちに向けた。

「貴様、その身なり――――傭兵か」

「……チッ……こんな伏兵を潜ませていたのか」

一斉に飛んでくる、魔力の弾。

「パリイ」

俺が大きく剣を振り、魔力弾を全て弾いた。

「――なッ!?」

「……手練れの傭兵だ。全員でかかるぞ」

「まて、誤解だ」

「それ以外に、この状況をどう解釈すればいいのだ」

さっきみたいな攻撃ぐらいなら、どうということもないが……話を聞いてくれないのは、困る。

相手が多いし、このままでは老人を守り切れないかもしれない。

彼らは老人の前に立つ俺に、一斉に武器を向けた。

「――老人。伏せてくれ」

今は彼にできるだけ、姿勢を低くしてもらっていた方がいい。

そう思った俺は咄嗟に老人の頭を摑み、強引に床に伏せさせようとした。

「き、貴様……!?　なにを無礼な――グゥアバッ」

「……あ」

だが焦って少し力が入り過ぎてしまい、老人の頭が床に深々とめり込んだ。

……やってしまった。大丈夫だろうか。


「……カヒッ……!!」


良かった……まだ、息がある。大丈夫そうだ。

どうやら頑丈そうな金色の冠のようなもののおかげで無事だったようだ。


「貴様……何者かは知らんが、この期に及んでこんな男に忠誠を誓っても良いことは無いぞ」

「然り。この男は国を取り返しのつかない程に壊した。その身を以て償う必要がある。退け」

「よくわからないが、それは話し合いで解決できないのか?」

「それができれば、とっくの昔にやっておるわァッ!!」

やはり彼らは興奮していて、話にならない。

「「「――死ね――」」」

俺たちを取り囲む兵士たちが、一斉に襲いかかって来た。

短刀、鞭、双剣、鉤爪、あとよくわからない何だか派手に光る棒……彼らはありとあらゆる武器を手に持ち、老人目掛けて一心不乱に振り下ろした。

だが――

「パリイ」

俺は再び彼らの武器を弾いた。

幸い、彼らの動きの速さはそんなでもない。

老人一人を寄ってたかって襲おうとしているぐらいだし、あまり腕に自信は無い者たちなのだろう。

彼らなら俺一人でも十分に対応できそうだった。

「貴様、何者だ……？　身なりからすると、皇国の者ではあるまい」

「おそらく、冒険者の雇われだろう――――それだけの力を持ちながら、何故そのような男の側に付く。最早、あれからの報酬など期待できんのだぞ」

「確かに俺は雇われの冒険者の端くれだが、雇い主はその老人ではないぞ？　やはり、何か勘違いをしているのではないか」

「黙れ。それなら、我らの邪魔をするな。その男には死して罪を償わせねばならんのだ」


細身の兵士が叫びながら何かを投げつけてきた。

瞬間――――眩い閃光。まずい。これは爆弾というやつだろう。工事の解体現場で使っているのを見たことがある。

爆風は俺の【パリイ】ではどうしようもない。

この老人をここから逃がさなければならない。


「危ない」

俺は咄嗟に、床に突き刺さったままになっている老人の脇腹を蹴った。

「エグゥッ」

俺に蹴り飛ばされた老人は、勢い余って頭から壁に突き刺さり、下半身だけがだらりと垂れ下がった。

……まずい。ちょっと蹴るのが強かったか？

いや、おそらく問題ないだろう。

床に沈めてしまった時よりも加減はしたつもりだし、あの金ピカ鎧もとても頑丈だ。

きっとまだ死んではいないと思うが……それにしても。

「何故だ。何故よってたかってこんなことをする。相手は老人だぞ？　というか、あれはお前らの皇帝ではないのか」

「……だった男だ。いや、その男はこれから最後の仕事をするのだ。その男は、自らの死を以って償わなければならぬ。今此処で我等の手で殺さねば、示しがつかぬのだ」

「理屈がさっぱりわからないな」

「貴様にはわからなくても――――良い」

彼らの中で一際背の高い男は、そう言い終わる間際、複数の爆弾を老人目掛けて投げつけた。

――疾い。これも弾いているのでは間に合わない。

俺はその爆風から逃れさせる為、急いで老人の脚を摑み、壁から思い切り引き抜いて床へと転がした。

あまりに勢い良く引き抜いた為、老人は床をボールのように派手に転がりながら最初に座っていた金色の椅子にぶつかり、椅子と一緒に老人の被っていた金色の冠が割れた。


「――アヒィ……!!」


だが、やはり頑丈な鎧のお陰で身体は無事なようだった。

今回も少し乱暴だったかもしれないが、殺されるよりはマシだろう。

……しかし、問題はこの男たちだ。何故こうも執拗に老人を襲う?


「……なあ。少し落ち着いてお互いに話をした方がいいのではないか？　その老人には自分で戦う力などないだろう？　というか別に殺さずとも、放っておけばそろそろ自然にお迎えが来そうな年齢では」

「そんな悠長なことをしている暇はない……もう、我らには一刻の猶予もないのだ……！

敵は既に国内に攻め込んできている！　それもあの【厄災の魔竜】を引き連れてだ!!

彼らに我らが戦意のないことを今すぐにでも示さねば、取り返しのつかないことになる!!

急いでこの男の首を差し出さねば我が国は――我が国は……！」


その時、俺たちが睨み合う広い部屋に静かで良く通る声が響き渡った。

「――お待ちなさい、殺してはなりません。お気遣いには感謝しますが、その必要はありませんよ……死人は、罪を償うことはできませんからね」


皆が振り向いた先、そこには四人の人物の姿があった。

彼らの姿を確認すると兵士たちの手が止まった。

あれは――【僧侶】の教官と【盗賊】の教官。

その後ろにはリーンとリーンのお兄さんがいる。


「来てくれたのか、良かった」

「……先生、御無事で」

「ああ。死ぬかと思ったが……運が良かった。イネスとロロは？　姿が見えないようだが」

「ロロは今、この建物の周囲を飛ぶ魔竜の背中に。イネスは一緒に竜を護っています。私たちだけ、先生を追って降りて参りました」

「そうか」

部屋の大きな窓の外を眺めると、竜が建物の周りを飛んでいるのが見えた。

背中ではロロがこちらに手を振っている。


「ノール殿」

リーンのお兄さんは、老人の姿を眺めながら言った。


「此処から先は、どうかどうか我々に任せて頂けないだろうか。こういう『話し合い』は我々の領分なのでな」

「ああ、頼む。話し合いで済めばそれに越したことはない……どうやら、俺の話は聞いてくれないようだからな」

本当に、彼らが来てくれて助かったと思う。

あの兵士たちは全く俺の話を聞いてくれないし、ほとほと困り果てていたところだ。

どうやら、今の雰囲気的には話し合いに応じてくれるようだし、彼らに任せておけば上手くやってくれるだろう。

「恩に着る。リーン、ノール殿を竜の処へ連れて行き、治療をして差し上げろ。見たところ、随分無理をされたらしい」

「はい、わかりました、お兄様。では行きましょう、ノール先生」

「ノール殿……ここまで、本当に世話になった」

「ああ。あとはよろしく頼む」

俺は後のことは三人に任せて、その場を後にした。

レイン王子は代々世襲で皇都を守護する役割を担う、十機衆の面々と向き合い、静かに口を開いた。

「……久々にお目に掛かる、十機衆の皆様方。どうかその剣を納めて頂きたい。お気遣いには痛み入るが、我々はその男に用がある。できれば、生きたまま引き渡して頂けると助かるのだが」

王子の静かな呼び掛けに、その場にいる十名の中でも一際大きな体軀を持った男が応える。

「……レイン王子。我等はこの男を引き渡すのに何の異存もない。

我々にはもう貴国と交戦する意思はない。

その男の首を獲ろうと動いたのは、全ては貴方たちへの赦しを請う為にせめてもの手土産をと思っての行動だ。

貴国には、全面的な降伏を申し出たい。

謝罪の示しが足りぬというなら、我等十機衆の首を差し出そう。

この戦を止められなかったのは他ならぬ我々の責任でもある」

それは先程、皇帝に向かって曲刀を振り下ろし爆弾を投げつけた男だった。

「御配慮には感謝する。だがそれには及ばない。我が国はこれ以上、死体など必要としていない。

それよりもまずその男と話がしたいだけなのだ。

色々とじっくりと、な。悪いが貴国との話し合いは、それからでも構わないか」

「もちろん、構わない。我らは異議を申し立てられる立場にない」

「御理解を感謝する」

温度のない声色で礼を言う王子が床に座り込む人物を睨みつけると、その老人は体を竦ませた。

「……ヒュッ……！　たシュ……ゆ、赦して……」

老人の口からは情けない声が洩れた。

「……赦す？　今……貴公は、赦して欲しいと言ったのか？」

王子は冷めた目で老人の顔をじっと見つめ、僅かに口の端を歪めた。

「ああ、そうだな。勿論、赦すつもりだ。我等はその為にやって来たのだから」

「ほ、本当か……!?　な、ならば……」

「我が国で、今日に至るまでに不自然な行方不明になった者が、二十三名いる」

「――――は？」

表情のない顔をした王子は、そのまま続けた。

「そして、今日、犠牲になった者がいる。

魔物に内臓を抉られた者――――十二名。

崩れた建物の下敷きになった者――――十九名。

火災から逃げ遅れて焼け死んだ者――――十三名。

飛んできた瓦礫に腕や脚をへし折られた者――――三十八名。

胸や背骨を砕かれた者――――十六名。

脚や腕、手首を断たれた者――――六名。

様々な原因で頭蓋を砕かれた者――――二十七名。

加えて街中に解き放たれた魔物に全身を引き裂かれ、砕かれ、見るも無惨な肉片に変えられた者、百二十七名。

――――以上が、我が国で直接被害を受けた者たちの総数だ。

私が把握している限りの、大まかな『犠牲者』だがな」

「……そ、それが……どうしたというのだ……？」

「先程、俺は赦すと言っただろう？　言葉の通り、赦すつもりだ。
もし、貴公が今述べた全ての者と同じだけの苦痛を受け入れるのであれば、この件に関しては貴公個人の罪を免じようと考えている。その上で、終戦と賠償の為の国家間の公平な『話し合い』に移りたい。――この提案、この場で異議ある者はいるか」

「「「「異議なし」」」」

その場にいる、皇帝を除く全ての人物が声を上げた。
老人の顔が引き攣った。

「ま、まて――？　それは一体どういう……？　お、同じだけ……とは……？」

不安そうな表情を浮かべる老人に背後から一人の人物が近づき、優しく語りかけた。

「御心配なさらず。同じと言っても死にはしませんから。大丈夫です」

白いローブに身を包んだ男は、そう言って人の良さそうな笑みを浮かべた。

「――貴方は決して、殺しません。死人は反省も改心もできませんからね。貴方はどんなことがあっても絶対に死なせません。私が責任を持って、何度死にかけても、何度でも蘇らせます。何度でも何度でも。だから何の心配も要りません。甘んじて御自分の罪を受け入れることをお勧めします。たとえ脚を失っても頭蓋が砕けても内臓を潰されても、最後にはちゃんと話し合いができるぐらいには回復して差し上げますから」

白いローブの男は老人に向かって微笑みながら、何かの呪文のように淡々と述べた。それに黒い仮面の男が続く。

「……自分がそれだけの苦痛を受け止め切れるのか、不安か？　だが何も問題はない。その間、お前は意識を失うことは決してないからだ。苦痛に悶えて精神が擦り切れようとも、お前は絶対に感覚を失うことはない。気が狂うこともない。それは俺が保証する。理不尽な悪意に巻き込まれ、無念に散っていった者たちの苦痛を――お前がその身を以って余すことなく味わうことができるよう、俺が全力でサポートしてやる」

恐怖に崩れ落ちそうになっている老人を前に、王子もまた言葉を重ねる。

「――勿論、貴公が国民へ醜態を晒す心配も要らない。我々はそういったことも好まない。周囲への【遮音】をしっかりと済ませておく。貴公の聞き苦しい叫び声は決して外に届くことはない。幾ら助けを乞おうとも、絶対に誰も近づけさせない。だから安心して、思う存分、泣き叫ぶと良い。その嘆きは決して誰にも、聞きとられることはない」

「――カヒッ」

老人は恐怖の余り声を失った。
だが精一杯絞り出すようにして懇願、しようとした。

「……ゆ、赦しィ……！」

「……だから、もう、言っているだろう？　全て赦すつもりだ、と……もし、貴公にちゃんと償う気があるのなら、な」

白いローブの男が再びゆっくりと前に出て、老人の耳許で囁くように声を漏らした。

「――皆さん。とても、痛がっていらっしゃったそうですよ。運良く治療が間に合った方もいらっしゃいましたが、多くの方が亡くなられました。流石の私も、すでに命を完全に失ってしまった人を蘇らせるのは不可能なのです。その点を考えれば貴方はとても……ラッキーです。この場に優れた癒し手がいるのですからね。腕だろうと、脚だろうと、首だろうと、私なら何本でも生やして差し上げられますので。――貴方は、本当に、運がいい」

「……ヒュッ……」

白いローブの男の言葉を聞くと、老人の顔から死人のように血の気が引き、床に臭気の漂う液体が広がった。

王子はそんな老人の姿を見下ろしながら、淡々とした口調で語りかけた。

「――勘違いしないで頂きたい。我々も、やりたくてこんなことをするのではない。今、我々が貴公に望むのは、我が国の国民が受けた痛みをちゃんと識って欲しい。ただ、それだけなのだ。これでも随分と減免したつもりだ。犠牲になった者は、さきほど挙げた者たちの他にも、まだ沢山いる。

　家を失った者、職を失った者、親を失った者、子を失った者――数えればキリがない。それを、ただの苦痛だけで済ませてやろうというのだ。貴公が我が国に行った仕打ちを、たった、それだけで赦してやろうというのだよ。多数の命を犠牲にした貴様の命を奪うこともなく、な。……戦後補償の交渉はその後、五体満足に回復した貴様と我々でとり行う予定だ……あくまで法に則り公平にな」

　怯えきった目をした老人の耳許に、王子はどこまでも表情の消えた顔を近づけ――氷のように冷え切った声を響かせた。

「なんとも、我が国は慈悲深い――だろう？」

45 王都への帰還 1

リーンから治療を受けている間、俺はとても高い建物の上から周辺の風景を眺めていた。

皇国の都は酷い有様になっていた。

恐ろしいのであまり真下は見られなかったのだが、至る所で黒煙が上がっている。

どうやら俺が建物に激突している間に何かがあったらしいが、思い当たることはある。

俺が弾き返したあの強い光。

もしかして、あれがこんなに街を破壊してしまったのだろうか。

「この光景は……さっきのあの光が落ちたからか？」

「はい、おっしゃる通りです。先生が弾かれた強い魔力光は分裂し、皇都の色々な場所に降り注ぎました。あの煙が上がっている施設は全て、あの光で焼かれたものです」

「……そうか、すまないことをしたな」

あの時は光を跳ね返すのに精一杯で、後のことなど考えられなかった。それがこんなに大きな被害を出すとは。

「いえ……先生がお気になさることはないと思います。あれは皇国側が放って来たもので、先生はその脅威から私たちを護ってくださったに過ぎません。罪の意識をお感じなることはないと思います」

「そうはいっても、な。……これは誰か、死んだのではないか……？」

そう思うと気が重くなる。

「それは……あまり心配しなくても良さそうです。兄によると、あの光には【魔力追尾】が付与されていたようで、破壊されたのは主に魔導研究施設と『魔力炉』のある施設のようです」

「……魔力炉？」

「はい。『魔力炉』は空間魔力密度が高く、そもそも人の立ち入ることができない施設です。魔導研究施設も、破壊されたのは主に魔力密度の濃い場所ですが、同様に人が長く滞在することができない場所です。人の多い居住エリアは無傷だったようですし、人的被害は少ないと思います」
「……そうか。本当にそうならいいのだが」
「もちろん、あれはこの都の生活の要と聞きますし、住民にも影響は出るでしょうが……それも私たちの国ほどではありませんから」

リーンの説明を聞いて少し気は楽にはなったが、しかし、これだけの大きな被害だ。誰か怪我をしたりすることは避けられないだろう。
俺たちは皇帝を追ってここまでやって来たわけだが、この街で暮らしている多くの人にとっては突然こんな風に街が破壊されることなど予想もしていなかっただろう。
自分たちの危機を避ける為だったとはいえ、かなり申し訳ないことをしたな。

「リーン。ここにいたか。ノール殿も」

俺がそんなことを考えていた時、リーンのお兄さんと教官の三人が現れた。

「お兄様。話し合いは終わったのですか？」

「ああ。話し合いは順調に進んだ。皇帝はとても素直に我々の話を聞いてくれた」

「彼はこちらの提案を、全て快く受け容れてくれました。心の底から反省し、改心してくれたようです」

「あれを話し合いと呼ぶかは、別としてな」

「話ができたのか。それは良かったな」

「ええ、やはり生きているうちに話し合うことが大事ですね。死んでからでは遅いのです」


【僧侶】の教官は、そう言って変わらぬ穏やかな笑みを見せた。


「では、もう……全てが終わったのですか？」

「ああ、必要な手続きは済ませてきた。もう戦争は終結した。今後はお互いの復興に向けた戦後の調整が始まる」


……何だか、拍子抜けする話だ。

ついさっき始まったように見えた戦争が、もう終わったのだという。

だったら最初から話し合いで解決すれば良かったのに、とも思う。

まあ、そんなに単純な話でもないのだろうが。

今まで、それすらできない状況だったということだろうか。

「じゃあ、あの老人……皇帝はこのままなのか？」

随分弱っていたように見えたし、部下にも信用されていない様子だったが。

「いや、今後の皇国の実質的な執政部を交えた会談の結果、皇帝は本人の希望で退位することになった。今後は、皇帝の血縁から後継者が選ばれ、皇位を引き継ぐことになる」

「そうか。確かにその方が良さそうだ」

俺は政治には疎いが、まあ、俺もその方が良さそうだと思う。

彼はちょっと心の弱そうな人物だったたし、かなりの高齢だ。

「後継者はおそらく、今後の国家運営の都合上、皇帝の孫が選ばれることになるだろう」

「……孫、か。若いのか？」

「ああ、今年でまだ十歳だそうだ。当然、彼だけでは政治上の難しい判断はできないので、後見人を立てることになる。新しい皇帝の補佐役として、長らく政治の実質を取り仕切ってきた宰相と、先ほど皇帝と一緒にいた『十機衆』がその間、彼の面倒をみることになる」

「……あの十人が？」

そこは正直ちょっと……というか、かなり不安なのだが。

年端もいかない子供がこんなに大きな国の跡を継ぐというのも驚きだが、あの俺の話をまったく聞いてくれなかった凶暴な十人も一緒に皇国の統治を引き継ぐことになるという。この国、本当に大丈夫か……？

などと思っていると、噂の十人がぞろぞろと出て来た。

「――ノール殿、で宜しいか」

俺は一瞬、また襲われはしないかと少し身構えたのだが。

一際背が高く目立つ男が近づいてくると兜を脱ぎ、俺に深く頭を下げた。

「……先程は済まなかった。貴殿は皇帝に雇われた護衛などではなく、王国側の人間だったのだな。こちらの誤解で刃を向けたことを謝罪したい。許して欲しいなどと頼める立場ではないが、償えることならなんでもさせてくれ」

男が急に丁寧な物腰になったので俺は少し驚いた。

どうやら、さっき俺に襲い掛かって来たことを謝っているらしい。


「気にしていないし、償いなどいらないぞ」

「そうか。謝罪を受け入れてくれて、感謝する」

「……だが。寄ってたかって老人一人を痛めつけるのはどうかと思うぞ？　どんな事情があったのかはわからないが、話が通じないからといって、暴力に訴えるのはよくない」

「……ああ、本当にその通りだ。冷静になった今となっては恥ずべきことだと感じている。これからは、何事も平和的に処理できるよう努力したい。我々は元々、戦で物事を解決するのは好まないのだ。そのせいで閑職にされてしまったようなものなのだがな」

「……そうなのか？　あまりそんな風には見えなかったが」


俺が素直に感想を言うと、男は苦笑した。

「あの体たらくでは信じてもらえないのも無理はないな。だが、これだけは言わせてくれ。もし貴殿が止めに入ってくれなければ、我が国は疲弊した中、国民同士で争う泥沼の戦火に身を投じることになっていた。そうなれば不満の溜まった周囲の小国がここぞとばかりに我が国に攻勢をかけて来たことだろう。それを未然に防ぎ、丸く収めることができたのは貴殿の介入あってこそ――心からの礼を述べたい」

「――いや、そこまで言われるようなことはしていないと思うぞ。そもそも、俺はたまたまその場に居合わせただけだしな」

　すると、男は不思議そうな顔で俺を見た。

「……たまたま？　そうか、本当に妙なたまたまもあったものだな。魔鉄製の厚い防壁を幾つも重ねて厳重に守護された皇都の最上階『帝王の間』に、貴殿はたまたま転がり込んで来たというわけか」

「……ああ。竜の背中から飛び降りて、勢い良く壁に激突した時は死ぬかと思ったな。俺がたまたま、あの硬い壁を突き破れるような頑丈な剣を持っていたから良かったものの……無ければ危ないところだった」

「……そうか。つまり貴殿はたまたまあの壁を砕けるような剣を持っていて、たまたま、皇国の政治の中枢たる皇城の最上階に飛び込んで来た、と。だから、我らを身を挺して止めたことに恩義を感じる必要はない、と……？　そう言いたいわけか？」

男は何度も念を押すようにして同じようなことを尋ねてきたが、俺としてはそうとしか言いようがない。

「そういうことだ。むしろ、俺は助けられた方だぞ？　運良くそこに床があって本当に助かったと思っている。おかげで地面まで落ちずにすんだからな」

「――――はは、運良く床が、か」

背の高い男は仰け反りながら、大きな声をあげて笑った。

「……貴殿は本当に面白い男だな。わかった。そういうことにさせてもらおう。だが、覚えていてくれ。今後、我々は貴殿にどんな助力も惜しまない。何か力になれることがあれば、言ってくれ。命を賭して、助けに向かおう」

「……そこまですることはないと思うが。わかった。気持ちだけ受け取っておく」

思っていたより話ができる男だった。だが、まだ少し違和感を感じる。

また何か別の誤解を生んだような気がするが、まあ、少なくとも、いきなり斬りかかられたり爆弾を投げつけられたりしなくなったのは大きな進歩だと思う。

これでひとまず一件落着。

……ではないな。俺は大事なことを忘れていた。

むしろ謝らなければいけないのは俺の方ではないのか。

「いや、そういえば、俺からも謝ることがあるな。随分建物を壊してしまったし、俺たちがやってきたせいで街をこんなにしてしまった。すまない」

「街をこんなに……？　【神の雷（ケラウノス）】のことか？」

「そうだ」

「……いや、あれはどう考えてもこちらの失態だろう。そうか、あの時、貴殿はあの竜に乗っていたのだな。あれに関しても危ない目に遭わせてしまった。皇都が破壊されたのは未完成品を無理に使用したことによる『暴走』によるもの。貴殿に責任が生じることはない」

「だが、死人やけが人が出たのではないのか？」

「……かもしれん。だが今のところ、そういった報告は出ていない。それを言うなら条約を反故にして貴国に攻め込んだ我が国の方がずっと罪は重い。いずれにしても貴殿らに罪をなすりつけるような真似はすまい」

「そうか――――でも、何か、俺にできることがあるのであれば言ってくれ。瓦礫の撤去ぐらいなら手伝おう」

「……本気か？　はは、貴殿はどこまでもお人好しなのだな」

その男はまた大きな身体を仰け反らせて笑った。

笑い声が街にこだまし、響き渡る。なんだか豪快な男だ。

ひとしきり男と雑談を済ませるとリーンのお兄さんが男に近付き声を掛けた。

「では、ランデウス閣下、そろそろ我々は失礼する。自国に戻って王に報告をしなければならないことが沢山できたことだしな」

「……承知した。我らはここから見送ろう。だが、レイン殿。皇国内での後処理はこちらに全任してくれるとのことだが、本当にそれでいいのか？　こちらが言うのも何だが、誰か監視する役目が必要なのでは？」

リーンのお兄さんは小さく首を振った。

「いや……政治はあくまで貴国（そちら）の問題だ。我が国は過度に干渉するような真似は避けたい。そちらで納得のいく結論を出してくれれば、それでいい。皇帝には相互の不干渉と、秘匿技術の提供、そして国民同士の交流も確約してもらったことだしな」

「本当に……それだけで良いのか？」

「それだけ、とは……？　それが、我が国が望む全てのものだ。その約束を違（たが）えぬ限り、貴国は今後、我々の良き隣人であり続ける。我が国にとってそれ以上の収穫はない。それに役職柄、人を見る目はあるつもりだ。貴殿の語った言葉には嘘はないと信じている。それを裏切らぬよう、努力してくれ」

「……貴国の配慮に感謝する。決して厚意を無下にするような真似はすまい」

「お互い、復興には時間がかかりそうだな。歴史ある研究を納めた重要な研究所も、灰になってしまったのだろう？」

「自業自得だ。確かに貴重な研究資料は燃えたが、人は残っている。一からやり直すつもりでやるしかないだろう。帰りの安全は我々が命を賭して保証する。既に戦争は終わったと全軍に通達済みだ。安心して行ってくれ」

「ああ――――では、失礼する。今後のやり取りは使者を通して行おう」

「ああ、どうか無事な帰国を願う。そういえば……ノール殿。こちらから、名乗っていなかったな」


リーンのお兄さんと難しそうな話をしていた大男は俺の方に向き直った。


「私は魔導皇国『十機衆』の長、ランデウスという。頼る際は名前を出してくれ」

「そうか、わかった……ラン……ラン、デウスだな。覚えた」

「ノール殿。またいずれ、貴殿と何処かで会えるのを楽しみにしている」

「ああ、またな……もう老人をいじめるんじゃないぞ？」

「――――ああ、本当にそれは肝に銘じておく」


「……じゃあ、飛ぶよ」


俺たち全員が竜の背中に乗り込むと、ロロが目を閉じ、竜と会話を始めた。

そうして、ロロの命令で竜は巨大な翼を拡げ、大きく羽ばたき宙に浮く。

相変わらず、俺は高いところにいるだけで、恐怖に身が縮む思いがした。

でも、多少慣れたせいか行きよりは恐怖感がほんの少し、少ない気がする。

だが――やっぱり、怖いものは怖い。

「ロロ……頼む。……帰りは……低めに、飛んでくれないか」

「……うん。わかった」

そうして俺たちはあの老人を襲っていた十人に別れを告げ、彼らに見送られながら皇都を後にした。

46　王都への帰還　2

その後の帰り路のことは思い出したくもない。


だが、その甲斐あって俺たちはなんとか暗くなる前に王都へと戻って来ることができた。

竜が飛び立った場所へと戻ると、リーンのお父さんが出迎えてくれた。

ずっと同じ場所で待っていてくれたらしい。


「お父様。無事帰還いたしました。戦争は、終結します。事は順調に運びました」

「ああ、どうやらうまくいったようだな。苦労をかけたな、レイン。詳しい報告は後で聞かせてくれ」

「―――は」

「その前に、恩人に礼をしなければならないな」

「はい、ノール殿は望外の活躍を見せてくれました。その功績に見合った褒賞を」

――なに？


「……褒賞？」

「ああ、そうだな。今回の件の大変な苦労に報いる褒賞を渡したい。土地でも建物でも財宝でも、なんでも言ってくれ。私たちにできることならばなんでも――」

「いや、いらないぞ」

「――何？」


俺の脳裏に、以前、置き場に困る財宝や、いらない土地や建物をひたすら押しつけられそうになった記憶が蘇った。


「気持ちはありがたいのだが――俺は特に困っていない。別に寝る場所は野宿でも構わないし、食い物も獲ろうと思えば自分で獲れるからな」

「いらない？　本当にそれでいいというのか？」

「ああ、それで構わない」

普通、余計なモノをもらっても、使わないし要らないだろう。

俺は別におかしなことを言っているつもりはないのだが、周囲の人物は皆、困惑した表情を浮かべている。

「……い、いやいや。そんなわけにはいかんだろう。今回ばかりはちゃんと受けとってもらわねば、他の者にも示しがつかんのだ」

「そう言われてもな……？」

正直、本当に何もいらないんだが。前にこの『黒い剣』をもらったし、それで俺は十分に満足している。

そう言いかけて、ふとロロの姿が目に入った。

「いや、すまない。やっぱり頼みたいことが一つあった。もしできればでいいんだが」

「……お、おお!?　そうか、そうか！　では遠慮なく何でも言ってくれ！　ここまでしてもらって、何もしないわけにもいかんからな！」

リーンのお父さんは傷だらけの顔に満面の笑みを浮かべた。

この人は、そんなに人に何かをあげたい人なのか。

「実は、この子のことを頼みたいんだが」

俺は隣に立っていたロロの肩に手を置くと、彼は俺の顔を見上げて、目を丸くした。

「……え……？　なに……ボク……？」

「その子を……？　その子は──『魔族』の子だな」

「ああ、そうだ。身寄りがないらしくてな。皇国に訪れていた商人の一団が居場所だったらしいが、置いて行かれたそうだ。彼らの行き先もわからないというし」

俺がリーンに傷を癒してもらっている間、お兄さんが色々と聞いて回ってくれてわかったことだが、ロロが生活を共にしていた商人の一団は、皇国から忽然と姿を消していた。

行き先も『商業自治区』のどこかだというぐらいで誰もわからないらしい。

帰る場所も無くなったロロは結局、竜のこともあり俺たちと一緒に王都まで戻ることになったのだが、その先が何も決まっていない。

「では、貴殿の望みというのは」

「この子を王都で、他の人間と同じ、普通の生活をできるようにして欲しいんだ……頼めるか？」

俺にとって、今の望みらしい望みはそれぐらいだ。

この子は俺が連れてきてしまったようなものだし、一緒に暮らすことも考えたが、俺のような収入の不安定な人間に養われるよりはお金持ちの家に世話になった方がいいに決まっている。

「……前に俺に『家と土地をくれる』と言っていたな？　それぐらいのものでいいから、家を与えてくれないか。できれば衣服と食事もあるといい」

リーンのお父さんは腕組みをしつつ、頷いた。

「――なる程。国内の土地と建物を所有する、となると、その少年は王国の『民』となることが必要だが、其方(そなた)が望むのはそういう類いのことか？」

「……そういうことになるのか？　必要なら、そうしてくれ。この子には何度も命を助けてもらった。あの大きな竜がいうことを聞いてくれたのも、この子がいたからだ。この子がいなければ戦争はこんなにすぐには終わらなかっただろう。だから、何かくれるというのなら、俺なんかより、この子に褒美を出してくれ。俺の望みはそれだけだ」

「成程。それだけ――――か」


リーンのお父さんは空を仰ぎながら、とても渋い顔をしている。

なんだかあまり納得いっていないらしい。

やはり、俺自身が何かを受け取らないことに不満があるのだろうか。

どういう理屈かわからないが、リーンといいこの父親といい、人に礼をする時には全力でものを押し付けようとしてくる。

そういう文化なのだろうが、俺としてはやっぱりいらないものはいらないのだ。

……そうだな。そこはちゃんと、はっきり意思を伝えておこう。


「言っておくが、それ以外のものは何も要らない。本当に、何も受け取らないからな。絶対にだ」


まあ、これだけ言っておけば大丈夫だろう。きっと。

……大丈夫、だよな？

「――そうか。わかった。其方の望む通りにしよう。だが……本当にそれだけで良いのか？　財貨などなら、当家の備蓄からある程度準備できるし、持っていても決して邪魔にはならんと思うが」

――案の定、追加が来た。

「……いや、俺なんかに渡すものがあるなら、他のことに使ってくれ。今は家をなくして困っている人もたくさんいるはずだろう。俺に何かくれるだけの余裕があるのなら全部、そっちに渡してくれ。今、それ以外の何処に財貨が必要だと言うんだ？」

「それも、そうだな……ははは、本当に、全くもってその通りだ」

てっきり気を悪くさせるかと思ったが、リーンのお父さんは可笑しそうに笑った。
本当によく笑う中年だ。
そうして、なんとかリーンのお父さんからの贈り物攻勢を乗り切り、一安心、というところだったが俺は少し焦っていた。

話しているうちに、俺はあることに気が付いてしまったのだ。

呑気にこんな会話をしている場合ではない。

「悪い。そういえば、急いで行くところがあった。リーン、ここで別れよう」

「先生、どこへ——？」

「またな——ロロを、よろしく頼む」

俺は急いでその場を後にし、目的の場所へと走った。

◇

俺は屋根と壁が半分ぐらい壊れてボロボロになった冒険者ギルドの建物を訪れていた。

「……ん？　おお！　ノールじゃねえか。お前さん、ミスラに向かってたはずじゃねえのか？　いや、流石に帰ってきたのか——王都がこんな有様だしな」

建物の内部に入ると、半壊になったギルドのカウンターの中で、ギルドのおじさんがくたびれた顔をして忙しく働いていた。

「ああ、呑気に旅行などしている場合じゃなかったからな。急いで引き返してきたんだ」

「そうか。まあ、依頼がキャンセル扱いになっても、たんまり貰える契約にしといてやったから、損はねえだろ。それにしても随分泥だらけだが、どうかしたのか？　……服、焦げてるぞ？」

「まあ、色々あってな。かなりの運動をした」

「……まあ、こんな時だしな。みんな似たり寄ったりだぜ。俺もひでえ目に遭ったな……何度も死ぬかと思った」

「ああ。俺も色々あり過ぎてヘトヘトだ」

俺とギルドのおじさんは顔を見合わせ、笑い合った。

「まあとりあえず、お互い無事で何よりだ。だが、ノール。疲れてるとこ悪いんだがよ。建築ギルドの親方がお前さんのことを血眼で探してたぜ。人手が足りねえ、ノール（あいつ）は何処だってな。これから瓦礫の撤去だとか、仮設の家を建てるんだとかで死ぬほど忙しいらしい」

「ああ、わかってる。きっとそうだと思ってここに来たんだ——すぐ行く。場所は？」

「地図をやる。持ってけ」

「ああ、助かる」

そうして俺は地図を受け取るとすぐに、今にも崩れ落ちそうなギルドを出て、瓦礫の撤去工事が始まっているという現場へと向かった。

「しかし、流石に今日は疲れたな」

思わず、ため息が洩れる。

思い返せば、今日は朝からとんでもなく忙しい一日だった。

馬車で旅に出たと思ったら、突然、毒ガエルを相手に戦うことになり、奇妙な包帯ぐるぐる巻きの男に襲われ、ロロから話を聞いて引き返し……リーンの魔法で思い切り吹き飛ばされ、危うく巨大な竜にぶつかりそうになり、そして竜に殺されそうになりながらも逃げ回り、直後、死ぬほど大量の剣や盾を弾くことになった。

おまけにその後、竜の背に乗って空を飛ぶことになり俺は恐怖で気を失い——いつの間にか辿り着いていた皇国で、凶暴な十人の兵士が老人にこぞって襲いかかるのを止めた。

これだけでも、かなり濃密な一日だ。

我ながら、己の力を顧みず無鉄砲に走り回ったものだと思う。

危ない場面はあったが、色々な人たちに助けられたおかげで無事に済んだ。

リーンやロロ、イネス、そして、アル……ギル……なんとかバートや教官たちの助けがあって危機を乗り切ることができた。

その誰が欠けていても、俺は命を落としていたように思う。彼らのおかげで、俺は生き延びることができた。


もう、色々ありすぎて、空腹も限界に近い。

正直、疲れているし、そろそろ休んでしまいたいという気にもなる。

だが――


「そんなわけにもいかないだろうな」


今、王都の街全体がひどい有様だ。

まずは、積み重なっている瓦礫を片付けなければならない。

もしかしたら物の下敷きになって助けを求めている人もいるかもしれない……そう思うと、ゆっくり休んでいる気分にはとてもなれない。


たとえ瓦礫をきれいに掃除できたとして、まだまだそこで終わりではない。

沢山の家が壊された為、同じだけの家を急いで建てる必要があるが、あの大きな竜がとんでもない暴れ方をした為に、あちらこちらで派手に地面が抉られている。

あれを平らに均すだけでも、一苦労だ。


そうして土を平らに均したあと、地固めをする工事が必要だ。

まだまだ、やるべき仕事は目の前に山ほどある。

幸い、さっきリーンが治療してくれたおかげで体調は悪くない。

腹は減ったが……適当に食べればまだやれるだろう。

俺のような人間が本当に人の役に立てるとすれば、こういう単純な力仕事だ。


幸い、肩に担いでいる『黒い剣』もこれから役に立ちそうだ。

今日一日、これを振り回していて思った。

こいつは見た目からしてボロボロで、殆ど斬れそうな刃が残っていない、剣と呼ぶのも疑問に思えるような見窄（みすぼ）らしい剣だが、本当に丈夫でいい剣だ。

どんなに硬いモノを弾いても傷一つ増えないし、重いが、振ればその分勢いが乗る。

それに、どんなに強く叩きつけても決して曲がったりせず、頑丈だ。

まともに何かを斬ることはできないが、叩く分には都合がいい。


この剣は俺が持っている限り、魔物を倒したり、竜を退治したりといった人から注目を浴びるような派手な活躍はできないだろう。

でも、これから必要な地固めや『杭打ち』には、もってこいだ。

そう思って、俺はだんだんと手に馴染んできた黒い剣の埃を払い、肩に担いだ。


「――――さあ、ここからが俺の本当の仕事だな」

そうして俺は一息つくと、多くの人々が働いている瓦礫撤去の作業現場へと急いだ。

47　仮設の執務室にて

クレイス王国と魔導皇国、両国の協議の結果、皇国の皇帝は戦争の責任を取る形で退位することになった。

同時に魔導皇国は多額の賠償金と共に他国へ固く流出を禁じていた魔導具製造の秘匿技術を王国へと提供することと、加えて捕虜となった兵士たちを王都復興の労働に供すること、以後の不干渉の徹底を申し出て、王都の復興に係る経費は全て皇国が捻出することが決まった。

皇帝の『退位』は後継の皇帝の孫の支配体制を整えた上で数ヶ月後に発表される。

その為、皇国は表向きは今の支配体制を維持しながら、内部的には大々的に粛清を進め、権力移譲の準備を進めている。

当然、反発する勢力が出ることは予想されたが、皇帝が存命のまま意思を伝えた為、比較的穏便にことが運んでいる。

王国側も、その動きを表裏の両面で支援する体制を整える為、【隠聖】カルー配下の【盗賊兵団】の精鋭を数名、ランデウスの部下として配置したという報告をレイン王子から受けた。
王はその辺りの采配は全て、王子レインが執り仕切るように指示をしている。
あの自分よりも優秀な息子に任せておけば、概ね上手く行くだろうという安心感がある。
それに関しては、あまり心配はしていない。

今、王の頭を占めているのは、別のことだった。

「あの『魔族』の少年を……普通に何の憂いもなく暮らせるようにしてくれ、か」

頭にあるのはあの男のこと。
仮設の執務室で急拵えの布張りの椅子に腰掛け、王は思考に耽っていた。

「なんとも、困った注文だ——よりによって、魔族とはな」

救国の英雄、ノールは今回の活躍の褒賞として「魔族の少年ロロの保護」——そして、その少年に人と同等の「市民権を与えること」を望んだ。

「国家の恩人の願いがそれだけとはな。なれば、無下にするわけにもいかん」

『魔族』はミスラ教国だけでなく多くの国で討伐対象となっている敵性種族だ。

その為、長い間狩られ続けて随分数は少なくなった。あの少年はその生き残り。

――魔族は生まれながらにして不思議な力を持つ。

曰く魔物を自在に操り人の心をも見透かし、時には操るという。

その能力と過去に引き起こした事件の為に恐れられ迫害を受けている、ということは皆が知っているが実物に出会ったという者の話はほとんど聞かない。

多くはその特徴を伝承で伝え聞くのみで、王自身も目にしたことは幾度もない。

彼らが脅威とされるのは「凶暴な魔物をも操る」という種族の特性であり、それを使って彼らは戦争で多くの人間を殺したと伝えられる。

王自身、あの少年の力を目の当たりにし、戦慄した。

あの【厄災の魔竜】を意のままに操っている。

いや、あの少年、ロロはあくまで対話していると言っていたか。

どちらにしても、魔族の力はとてつもない脅威であることを今回の襲撃で思い知らされた。

敵に回せば、あれほど恐ろしいものはないと思う。

そこだけ見ると確かに脅威かもしれないが、彼らが生まれながらにして邪悪な存在であるという話には疑問が残る。

確かに人と魔族の戦争はかつて存在し、魔族は人に残虐な侵略を行った。

だが、それは歴史を辿れば人と人の争いとそう変わらない。

魔族が殺したという人の数で言っても、人が人を殺した数よりもずっと少ないのだ。

むしろ――人が魔族を殺した数の方が、ずっと多い。

それどころか……あれは魔族に対して人が仕掛けた戦争だという証言も、ある。

実際のところ『魔族』を特別に危険視する合理的な理由は、ない。

人が人を恐れる以上に、魔族を恐れなければならない理屈もさしてないのだ。

だが、それはたとえ知ってはいても、決して公に口にしてはいけない『禁忌』の類となっている。

ある程度の事情に通じる者であれば、皆が知るところだが、今、世界に出回っている魔族の脅威を伝える逸話は全てミスラの公式発表によるものだ。

その話を他の国家が「信用する」形で全ての魔族に関する国際的な条約が形作られている。

『神聖ミスラ教国』がそれだけの発言力を有するのは、ミスラが保有し各国に提供する『結界技術』の存在が大きい。

街の中に魔物を立ち入らせないようにしたり、迷宮から魔物を出さない為に『透明な力の壁』を生み出す技術。

ある程度の規模の街になると、皆がその恩恵を受けている。

ミスラ教国はそれを独占し、ミスラ教の教会各支部を通して『人々に安全を提供する』という形でミスラは多くの国に影響力を保っている。


ミスラは技術の提供の見返りとして協力国にあることを求める。

曰く、『魔族』は非常に危険な種族であり、人類の敵と定めよ、と。

発見次第、討伐して『処分』するか、生きたまま引き渡せ。

そうすれば、神聖ミスラ教国は協力者に多大な恩恵を約束する、と。

その要請に逆らおうとするものは殆どいない。

有効な防衛技術を秤にかけて、主張に虚偽が含まれている、などという些事に反発しても、何も得るものはないからだ。

何故、ミスラと教会がそこまで『魔族』に拘るのか理由は判然としない。

確かに彼らが魔族と大きな戦争をしたことは史実であり、その怨恨が未だに燻っているという理由づけもできるが、もう数百年は前のことだ――それだけではあるまい。

魔族は、ミスラにとってずっと敵としておきたい理由がある『何か』なのだろう。

世界に根を張る大国には、魔族を害悪としなければならない理屈がある。

つまり、魔族に与(くみ)することは、そのまま大国ミスラと敵対することに他ならない。

「……本当に、困ったものだ。あれは敵に回すには大きすぎるというのに」

だが、最近あの国の動きは気になることが多い。

今回の王都の襲撃には『悪魔の心臓（デモンズハート）』が使われていたという。

あれはミスラでなければ産出されないとされる希少な魔石。

それが、あれほど流出することなど考えられない。

あの国の厳格な管理体制はそれを許さない。

何らかの理由で皇国がミスラより正式に提供を受けたと考えざるを得ない。


――何故だ？


我が国とミスラは歴史的にも良好な友好関係を築いていたはず。

リーンが留学に行ったのはついこの間の話だ。

その時点では、そのような気配はなかったというのに。

そのあたりの調査はこれから本腰を入れるところで、流通経路はいずれ判明することだろうが。


現時点では疑わざるを得ない。

どうやら彼女が、この国を潰したがっているらしい、ということを。


「そして、よりによってこのタイミングで『魔族』の少年の保護か。あの子も、今回の英雄の一人。

恩を仇で返すのは、我が国のやり方ではない、だが」

彼を保護するという決断は、現在の状況に火に油を注ぐ結果になる。

あの巨大な竜を操っていた少年は既に多くの者の目に触れている。

もちろん、ミスラの教皇の耳目にも届くことになろう。

あの女――教皇アスティラがそれを使って攻め立てて来ることは容易に想像がつく。

王もあの少年を守りたいとは思う。

『魔族』だからと言って、人間との間に垣根を設けるのは正しくない。

彼らだって言葉を交わせる知性を持った隣人ではないか。

ましてやあれは子供だ。種族の過去など関係ない。

……そんな風に言えたら、どんなにいいか。

だが、自分のような立場の人間がそんな甘い夢想を口にすることは許されない。

王は仮設の執務室の入り口に控えていた息子、レインに声をかける。

「あの魔族の少年に王国の市民権と住処を与えよ。今後の生活に支障のない程度の財貨もな。やり方は任せる」

「――――は」

王子は王の命を受け、各所の部下に命令を伝える為に足早にその場を去った。
そうして、人のいなくなった仮設の執務室で、王は更に深く布張りの椅子に腰掛けた。

「ノール、か。あれは本当に、困った男だ」

あの男は、何も受け取らない。
およそ人が欲しがるものすべてを撥ねつける。
財貨も、家も、財宝も。土地ですら欲しがらない。
人が当然持っているような欲が、どこにも無いように見える。

――――あれは頭のおかしくなった狂人の類か何かなのだろうか。

「……いや、本当にいらないのだろうな。あの男は強い。だからいらないのだ」

先ほど自分が提示したものなど……もし、あの男がその気になって得ようとすればどこからでも取ってこられるだろう。

だからあの男は、すぐに手にできる財貨(そんなもの)に価値など見出しはしないのだ。

身近にあってもなくても同じこと。もう、それだけの強さを手にしているのだから。


「――【厄災の魔竜】を、たった一人でねじ伏せるなど」


王はその姿を間近で目にしていた。

あの男は街が吹き飛ぶほどの一撃を、たった一本の剣でいなしつつ、竜を大地に転がしていた。


――あれは、本物の英雄だ。


かつてそう呼ばれた経験のある王だからこそ、あれこそが本物の英雄なのだと確信できた。

御伽噺の中に描かれ、王自身が憧れ続け、少しでも近づこうとした英雄像。

あの男はその理想像そのものだった。

……おまけに何も欲しがらない。

出来すぎた聖人の逸話か何かだろうか？

だが、先程その男は一つのことを望んだのだ。

「魔族の少年を助けてほしい」と。
「魔族の少年を王国民と認め保護しろ、などと。我が国にミスラに背を向けろと言っているに等しいのだが」

それは決して踏み入れてはならない領域だった。
多くの国がそれと知りつつ触れることのない禁忌。
それを破れとことも無げに言う。
それが、あの男の唯一の望みなのだという。

――何を考えているのだ、あの男は。あの男の本当の目的は、何だ？

いや、多分、そのままなのだろう。
あれは、本当にそれが望みなのだ。

「この世の全ての因習を――我々が囚われるしがらみを。たった一人でひっくり返そうとでもいうのかあの男は。その苦難に、我が国を丸ごと巻き込もうというのか」

王は自らが口にした言葉に、違和感を覚えた。

「――巻き込まれるか。それは……違うのだろうな」

あの老いた皇帝に愚かな王と罵られたのは、全く以って正当だと思う。

できることならばあの英雄の行く末を見守り、共に歩みたい、と。

まるで物語の続きを待ち望む稚児（こども）のような心が王の中で疼いている。

自らが治める王国の民を危険に晒す可能性があるとしても、この世界の見かけ上の安寧を犠牲にすることになっても、あの男の行く末を見守りたい。そんな気持ちが頭をもたげているのを感じる。

やはり、自分は王失格だ。一国の王の風上にも置けない人間だ。

だが――

「何処までも愚かな夢を追うのが『冒険者』という生き物。その端くれの王としては応援するしか――いや、この説明だとやはり、ちと苦しいか？　あとでオーケンにでも知恵を借りて、いい理屈を考えねばな――本当に、困ったものだ、我らが英雄殿の要求には、な」

そう言う王の顔には満面の喜色が浮かび、いつしか、仮設の執務室の中には大きな笑い声がこだましていた。

48 おいしい食事

少年はずっと夢を見ている気分だった。


そうだ、これはずっと夢だったに違いない。

自分は本当はもう、黒死竜の爪に引き裂かれていて、これはきっと死んだ後に皆が見るという幻なんだ。


きっとそうだ。

だって、こんなこと、現実にあるわけがないからだ。

自分があの【厄災の魔竜】と対話し、自分を助けてくれた人と、一国のお姫様たちと一緒にその背中に乗り――空から皇都を訪れ、皇帝を倒し、そのまますんなりと帰ってくるなんて。

どう考えても作り話としか思えなかったし、その間に見た光景もとにかく現実離れしていた。

たった一人の人間が大軍勢の中に飛び込んでいって、無数の剣を宙に舞わせて銀色の波のような光景を作った。

太陽のように眩しい光が天高く打ち上げられ、分裂して流星のように皇都に降りそそぐのも見た。

銀色の鎧を着た綺麗な女の人が目前に聳え立つ鉄の城を粘土細工のように切り裂いていたし、何より、自分が他の人と一緒に巨大な魔物と戦っていた。

そんなこと――――とても、ありえない。
これが夢でなくてなんなのだろう。

絶対に自分の身には起こりえない、素晴らしい出来事の数々。

こんなこと想像すらしたことがない。

だからやっぱり、夢だ。夢に違いない。

でも少年はそれでも、満足だった。

たとえそれが嘘だとわかっていても、少年にとってそれは素晴らしいことには違いがなかった。

たとえ夢だとして、こんな面白い光景を見たことは今までなかったのだから。


……きっと自分はあの時から夢を見続けていたのだ。

あの時、あの人が『黒い剣』で竜の爪を弾いたところから。

そこからずっと自分は甘い夢を見ていたのだと思った。

自分は痛みもないほど瞬時に黒死竜の爪に引き裂かれて死に、こんなに素晴らしい夢を見ることができたのだ。


少年は誰にともなく感謝した。

――最後に、こんな幸せな夢を見せてくれてありがとう。

少年は次々に起きる出来事は夢でしかないと確信していた。

だから、目の前に立つ綺麗な女性にこんなことを言われてもあまり不思議には思わなかった。


「これからしばらくの間、私と君は一緒に暮らすことになった。よろしく、ロロ」


大きな屋敷に連れてこられ、清潔な着替えをもらい、白いテーブルの上に様々な料理の盛られた皿が置かれた時も、半ばぼんやりとその光景を眺めていた。

そうだ。この女性(ひと)は確か、皇国の要塞を竜の上から斬り刻んでいた人だ。

でも、改めて彼女の顔を眺めてみて、こんなに物静かで穏やかそうな人があんなことをするなんて、とても、考えられなかった。

うん……やっぱりこれは夢だ。夢に違いない、と少年はまた確信を深めた。

「……何をしている？　せっかく用意してもらったのに早く食べないと冷めてしまうぞ」

少年は不意に声をかけられ、ビクリと肩をふるわせた。

「……えっ、これ……食べられるの……？」

少年から見て正面の席に着いた女性は不思議そうな顔をした。

「食べられるもなにも、これが夕飯だ。もしかして、食べられないものがあるのか？　ダメなら、他のものを用意してもらおうか？」

少年は慌てて首を横に振った。

正直、目の前に並べられたものが、食べられるかどうかはわからない。

食べたことはないから。

でも、これは夢だし、きっと食べられないことはないと思う――それに夢とはいえ、他のものを用意する、なんてとんでもない。どこかにもっていかれてしまうぐらいなら、やっぱり食べてしまいたい。

とはいえ、夢だとわかっていても気後れする。

あまりにも、豪華すぎる。

いくら夢だからと言っても……こんなに幸せな夢があってもいいのだろうか。


「……ほ、本当にいいの……？　……これが、ご飯……!?」


ご飯と聞いて少年の記憶に蘇るのは、小さくて黒いカビの生えたパンだった。

だいたい石のように硬く乾いていて、必ずカビと泥の匂いがした。

それをゆっくりと味わいながら鉄格子の中で一日を過ごすことが多かった。

それで、死なないには十分。食べ物を与えられるだけでも十分――有り難いと思いなさい。

物心ついてからずっとそう教わり、同じものを与えられてきたから。


なのに、目の前の皿には色とりどりの、知らない何かが盛られている。

……これが、ご飯？　見たこともないものが、沢山ある。

それも目の前の皿に盛られたスープらしきものには――

「……野菜……？　それに……肉が、入っている……？」

こんな贅沢なものは今まで食べたことがない。
少年は驚きつつもあることを思い出し、納得した。

――ああ、そうだった。そういえばこれは夢だった。
夢なのに、見たこともないものがあるのは少し変だけど……死んだ後に見る夢なら、これぐらいのことがあってもおかしくない。

そう思いながら少年は少し安堵した。
そうだ。それなら……夢なら食べても大丈夫。
夢だったらきっと、人間と同じものを食べたって酷く殴られたりはしないだろうから。

「どうした、食べないのか？」

目の前の女性は、食べてもいいと言っている。

――でも、なんの味もしなかったらどうしよう。

夢だとはわかっていても夢だと実感するのは惜しかった。

食べ物を口に入れた瞬間に、この素敵な幻が全て終わってしまうのではないかと少年は心配した。

「ほら、遠慮はいらないぞ。何を食べても誰も怒ったりしない。好きなだけ食べてくれ」

そう言って、目の前の女性は白いパンを少年に差し出した。

しばらく少年が躊躇していると、腹が鳴った。

――おかしい。夢なのにお腹が空くなんて。

そこで少年は唾を飲み込み、覚悟を決めた。

「……じゃあ……いた、だき…………ます……」

少年は差し出されたパンに、恐る恐る手を伸ばし、それに指先が触れた瞬間に大きな違和感を感じた。

「……やわら、かい……？」

それは少年が知っているパンの触感と全く違うものだった。その表面は滑らかで信じられないほどに柔らかく、まるで真綿のように少年の指を受け入れた。これは、いったい。

少年は戸惑いながら柔らかいパンの端を千切り、その欠片を口に運ぶ。

「――甘い」

口の中にふわりと広がる不思議な香り。

甘いだけではない。それは今まで少年が体験したことのない感覚だった。

これは――

「……おい……しい……？」

口をついて出たのはそんな言葉だった。

そう言うのが正しいかどうか、わからない。
でも、きっと、これが「おいしい」ということなんだろうと少年は想像した。
そうとしか考えられなかった。
今まで味わったことのない、幸せな感覚。
自分の経験には決してない種類の、喜び。

――こんなもの、今まで食べたことがない。
想像すらしたことがないのに。
これは夢のはずなのに。
なんで、こんな風に感じることができるんだろう。

「……どうした？」

そうして、少年は今自分の身に起きていることをやっと、理解した。
突然、少年の目から涙が溢れ出てきた。

ようやく、わかった。

わかってしまったのだ。

――これが、夢ではないということが。

これは、現実に起こっていることだ。
自分はまだ死んでなんかいない。
あの竜に殺されてなんかいない。

――そうだ。
だって、あの人が来てくれたから。
あの時、助けてもらったから。
自分は今、生きているのだ。
生きてこうして『おいしい物』を食べている。
でも、どうして……？

「いいの……本当に、いいの……？　こんなものを、もらって」
「――大袈裟だな、パンぐらいで」

少年の反応に、目の前の女性、イネスは苦笑した。

「好きなだけ食べるといい。まだいくらでもあるからな」

「……うん」

少年は大粒の涙を流しながら、黙々と目の前に並べられた料理を食べ始めた。

嗚咽を漏らしつつ口に食べ物を運びながら、少年は考えた。

これがどうやら、現実だということはわかった。

でも、わからない。

少年にはわからないことだらけだった。

なんで、自分はこんな状況に置かれているのだろう。

これは現実の筈なのに。

なんで、周りの人がこんなに自分に優しいのだろう。

考えても、何もわからなかった。

でも、一つだけ確かなことがある。


きっとあの時、あの人が黒死竜の爪から自分を守ってくれたから。

あの人が、自分に家を与えてくれと言ったから。

あの人のおかげで今、自分は生きている。


――自分はあの時、心の底から思っていた。

黒死竜の爪が振り下ろされる瞬間に、ああ、ここで死ねて本当によかった、と。

世界に害を与えるだけの存在でしかない自分が消えることを心から喜ばしく思った。

だから、せめて――と、全てを諦めて祈ったのだ。


もし死んで、生まれ変わることができるなら。

――次の生ではあまりひどく殴られたりしませんように。

――そして少しぐらいは誰かの役に立てますように。

――そしてもし願いが叶うなら、できれば美味しいご飯というのも、一度ぐらいでいいから食べられますように、と。

その願いのうちの一つがもう叶ってしまった。
死んで生まれ変わることもなく。
たった今、願ったその日に叶えられてしまった。

それは……あの人が、救ってくれたから。

『……ボクでも……誰かの役に立てるのかなぁ……？』

黒死竜が破裂した後、その人物と向き合い、少年は思わず自分の願いを口にしていた。
忌み嫌われる存在の自分でも何かをしたい。誰かの役に立ってみたい。
それが少年のささやかな夢だったから。
でも、誰にも言ったことはない。それを口に出せばきっと、殴られるから。
「魔族如きが」と、否定されるだけ。必ず蹴り飛ばされ、嘲笑される。

――自分が『誰かの役に立つ』？
そんなわけがないだろう。だって自分は『魔族』なのだから。
生まれながらにして呪われた不吉な力を宿す生き物。

あらゆるものから憎まれる為に生まれてきたような存在——それが自分だからだ。
ずっとそう言われ、そう思って生きてきた。
なのに。
わかっていた筈なのに、何故言ってしまったんだろう？
望みを言ったあと、後悔した。きっとこの人にも殴られる。
少年は思わず身を縮め、反射的に目の前の人物から拳が振るわれるのを待った。

でも、いつまで経っても拳は降ってこなかった。
代わりに返ってきたのは意外な言葉だった。

『……当たり前だろう。それだけのすごい才能があるのだから』

その人物は少年の夢を否定しなかった。
そればかりか自分の呪われた力を才能とまで呼んだ。

——嘘だ。そんなわけがない。
きっと、この人は嘘をついている。

咄嗟にそんな風に思った。

今まで自分に綺麗な言葉を吐く人は皆、そうだったから。

実際の中身は嫌悪にまみれ、自分の力を利用したいと願う人たち。

この人も同じだと思った。だから思わず、『心』を読んでしまった。


――その瞬間、しまった、と思った。

たとえ嘘だとわかりきっていても、自分にこんなに素敵な言葉をくれる人は今までいなかったのに。

この人のくれた言葉を、できれば自分は信じていたい。

だから心の中なんてのぞく必要はなかったのだ。

この素晴らしい幻想が、嘘だとわかってしまうだけなのだから。

あの言葉を嘘にしたくない。

そう願ったが、もう遅かった。

気が付いた時には少年は男の心の中を読み取っていた。


でも少年が見たものは予想とは違うものだった。

どういうわけか、この人物は自身の発した言葉を微塵も疑っていなかった。

この人物が口にしたのは嘘ではない。

心の底から出た真実の言葉だった。


――どうして。

その上、自分が『魔族』とわかって尚、少年に欠片も嫌悪感を持っていないこともわかった。

なんで――？

それは一片の揺るぎのない信頼だった。

そんなものを受け取ったのは、少年にとっては初めてだった。

だから躊躇いながらも、再び、言ってしまった。

誰にも言ってはいけないと思っていたことを。


『……ボクでも、誰かに必要とされることなんてあるのかな……？』


言葉が出ると同時に目から涙が溢れた。

しばらく、涙が止まることなく流れ続ける間、男は少年を静かに見守っていた。

そうしてやっと涙が涸れ果てた頃、その人は自分を殴ることもなく、馬鹿にするでもなく心の底から出た言葉でこう言ったのだ。

『ああ、当然だ。俺なんかより、ずっと――お前が望めば、幾らでもな』

その時、生まれてはじめて信頼できる言葉を貰った気がした。

でも少年はその言葉をとても信じられなかった。

今となっては尚更信じられない。


――『俺なんかより、ずっと』？


そんなことがあるわけがない。

黒死竜の爪を片手剣で軽々と払いのけ、たった一人で街を丸ごと壊すような竜と戦い、万の兵の中に突っ込んで何事もなかったかのように帰ってきた、あの人よりも？

ありえない。

でもその人は、確かにそう言ったのだ。

その人は、自身の発したその言葉を微塵も疑わず心の底から信じていた。


それなら、もしかして、と少年は思う。

自分はあの人のことを——あの人の言った言葉を。

もしかしたら信じても、いいのかもしれない。

だって、自分なんかよりずっとすごい人がそう信じ切っているのだから。


少年は自分が受け取った言葉を、すぐに信じることができなかった。

——でも、その言葉を嘘にしたくない。


心の底から、そう思った。

その時、少年の心に小さな火が灯った。

それまでの少年の心には決してなかったものが芽生え、今はまだ朧げで頼りなくとも、最早決して消えることのない何かが生まれ始めたのを少年は感じた。


『お前が望めば、幾らでも』、と。あの人はそう言った。

だからきっと、望んでもいいんだと思う。

そうすれば、自分だっていつか誰かに必要とされる存在に、決して叶わないと思っていた夢のような存在に、なれるかもしれない。

それにもし、こんな自分でも、何かを望んでいいのなら。

望みを叶える、その為だったら、これからはなんだってやろうと思う。

もし、望むものをすぐに手に入れられなくたって、それができるようになるまで、何だってやってやる。

一度、自分は死んで、生まれ変わったようなものなのだから。

今度こそ誰かの役に立ち、必要とされる存在になるんだ。


きっと、なれるから。

あの人がそうなれると、信じてくれたから。

『魔族』であっても、必ず誰かの役に立てるんだと言ってくれたから。

それを望んでもいいんだと教えてくれたから。

——絶対にそうなるんだ。

あの人がくれた言葉を嘘にしない為に。

少年は優しく微笑む女性の前で涙にむせながら、目の前にある食べ物を口いっぱいに詰め込んだ。

「そんなに急いで食べなくても……誰にも取られないぞ。ここには私と君の二人しかいない。ゆっくり食べるといい」

「……うん」

その日、生まれてはじめて触れた他の誰かの優しさに感謝しながら——魔族の少年ロロは、心に小さな意志の光を灯したのだった。

【才能無しの少年】

【剣聖】シグが管理する王都の訓練所に見知らぬ子供が現れたのは突然のことだった。

「――【剣士】の訓練を、受けさせてくれ」

それは年端もいかない少年だった。

こんな子供が自分の担当する訓練所を訪れたことなど、今までにないことだった。

「訓練？　君がか？　冒険者ギルドの許可証は持っているか？」

「ある。さっきもらってきた」

「……確かに、ギルド職員の判が押してあるな――だが、君のような子供が……？　いや、ここに判がある以上、受け入れるしかない、か」

王都の冒険者を養成する訓練所には「来る者は拒まず」という暗黙のルールがある。ギルドの職員が資格を判断し、訓練所の教官がその判断に従って教える。手続きとしては単純だ。

――だが、それにしても。

こんな子供をいきなり寄越して来るとはギルドの職員は何を考えているのだ。

何か事情があるのかもしれないが、身体を鍛えた大人ですら音をあげるような訓練にこんな子供が耐えられるはずはないだろう。

【剣士】の訓練所の指導教官の長を務める【剣聖】シグはそんなことを思いながらも、目の前の子供に問いかけた。

「子供だからといって特別扱いはしない。ここはそういう場所だ。訓練は厳しい。それに耐える覚悟はあるか？」

「ああ、わかってる」

その少年はまっすぐにシグの目を見つめて言った。

だが、シグは思った。

おそらく、この子はすぐに訓練から脱落することになる。

三日もてば、いい方だろう。

そう思いながらシグは部下たちに訓練内容（メニュー）を指示し、少年の訓練を開始したのだが――


その子供は三日経っても、一週間経っても、訓練に音をあげることはなかった。

【剣士】の訓練では朝から晩まで剣を振るうが、この少年は手の皮が剝け、血だらけになってもやめる気配がない。それどころか細い腕の筋肉が引き裂けそうな勢いで、必死に剣を振り続けている。

覚悟のない者は初日で辞めていく。

だが、気づけば少年が訓練を始めてから既に十日が経とうとしていた。

その時点でシグは少年に対する考えを改めた。

この少年、どうやら覚悟だけは本物らしい。


そして少しだけ、興味を持った。

この少年はどこまで自分についてくることができるのか。

そうしてシグが見守る中、少年はその後の訓練まで挫けることなくついてきた。

余程のことがない限り、ここまで残る訓練生はいない。

この訓練所の目的は【スキル】を身につける為に体と精神を極限状態に置くことであり、それを継続することには多大な苦痛を伴う。

昼夜変わらず剣を振るい、飛び来る鉄球を、武器を弾き続け、剣を握る手の骨が砕けようとも歯を食いしばりながらそれを続ける、ある種狂気じみた剣と己を一体とする為の精神的な鍛錬。

この少年はそんな領域にまで足を踏み入れた。

少し前まで、剣を握ったことすら無かったというのに。

幼少期から、ここまで無心に剣を振ることができる者は稀だ。


――この少年は、もしかしたら本当に有望かもしれない。


シグがそんなことを思い始めた時、ふと、おかしなことに気が付いた。

この少年はここまで来ても最も習得が容易な【パリイ】以外まだ何も【スキル】を身につけていないのだ。

……こんなこともあるのか。

経験上、ここまで来れば、それもここまで年若ければ【スキル】の発現率は低くない筈だ。

もう何かを身につけていてもおかしくはない。

だがいずれ、身につける筈だ。

この少年はもう少し、時間がかかるのかもしれない。

そうすれば、この少年は飛躍的に強くなる。


――なにせ、この少年は目がとてつもなく良いのだ。


一度、見せてほしいとせがまれ、渋々ながら【千剣】のスキルを披露したことがあった。

【千剣】は放った自分ですら捉えることが難しい、制御することすら困難な瞬速の技。

どうせ、常人には見えない。

そもそも何も視えずに終わるのだから、見せることに意味はない。

そう思いながら、少年の求めに応じて戯れに披露したのだが。


少年から技を見た後の感想を聞き、シグは驚愕した。

この少年の目には全てが視えていた。

【スキル】の恩寵で全てが高速化し、自身ですら捉えきれない動きを目で追っていたのだ。

それどころか、一挙手一投足をはっきりと捉え、その上でシグですら自覚していなかった動きの癖を指摘した。

――鳥肌が立った。

シグはこの少年の優れた資質を目の当たりにし、自分が人生の時間を割いて育てるに値する『芽』を見出した気がした。

いずれ、自分と対等か、それ以上の剣士に育つことも夢ではない――柄にもなく、そんなことを思っている自分がいた。

シグはこの少年に密かに大きな期待を寄せるようになった。

これはとんでもない逸材を発見したかもしれないと、胸が高鳴った。

だが――訓練を続けていると、予想外のことが起こった。

この少年には、どんなに努力しても剣士職として有用な【スキル】が芽生えなかったのだ。

いや、そんなはずはない。

何かの勘違いか見落としかとも思った。

だが、違う。

何度確認してみても、やはり何も身につけていない。

シグはここにきて焦りを感じていた。
もし、何か、一つでも身につけられたなら。
使える【スキル】が一つでもあれば、この少年はそれをものにするだろう。
それだけの努力を、研鑽を、この子は積める筈だ。
それは何よりも得難い資質だった。

この少年には必ず何かの才能がある筈だ。
絶対にものになる。
そう思って訓練を続けた。
もう、訓練は最難関の領域に到達していた。
ここまでやって何もないことなど、あるはずはない。
この少年はそこまでついてきたのだ。
シグは途中から祈るような気持ちで訓練を見守っていた。

だが――――いくらやってもダメだった。
どんなに頑張ったところで、ただの一つも有用と言えるスキルが身につかなかった。

これでは、【剣士】としてはやっていけない。
弱い魔物を相手にするぐらいなら、まだ、だましだましでも戦えるだろう。
だが、本当の脅威に立ち向かうとなると、このままではダメだ。
すぐに命を落とすことになる。
この子は体格にも恵まれ、意志も強い。目も良い。なのに――
……残念なことに『剣』の才能だけがない。
剣の神に愛されていないのだ。
そう判断せざるを得なかった。

「君は、別の道に進んだ方がいい」

それが、苦悩した末に下したシグの決断だった。

「もうこれ以上、ここで教えられることはない。別の場所へ行け」
「でも――！」

少年は食い下がった。当然だろう。
三ヶ月もの間必死で訓練についてきて、結果「才能がない」などと。
これは指導にあたった自分の責任でもある。
だが、これ以上無意味なことを続けさせるわけにもいかないのだ。
そんな資格は、自分にはない。

「スキルもなく、ただ剣を振るだけでは【剣士】としては全く仲間の役に立たない。これ以上は、君の時間を無駄にするだけだ。諦めて次に行け」

シグは敢えて少年を冷たく突き放し、剣士の訓練所を追い出した。

――この少年には本物の素質がある。

だが、だからこそ、この少年にはきっと違う道がある。

剣を極めること以外の道が。

◇

その子供が【戦士】の訓練所に現れた時、【盾聖】ダンダルグは腕組みをして顔をしかめた。

「おいおい……お前、本気でうちの訓練に参加する気かよ……？」

その少年が言うには【剣士】の訓練所を追い出されてきたらしい。
シグから最近「子供の面倒をみている」という話は聞いていた。
【剣士】の訓練は駄目かもしれないから、いずれそちらに向かうかもしれない、とも。
そういう話は確かに聞いていた。
だが、実際に目の当たりにしてみると、本当にただの子供でしか無かった。

……本当に大丈夫か、こいつは。
うちの訓練を受けさせてもいいのか。

その疑問が第一印象だった。
その少年はどう見ても屈強な者共の集う【戦士】の訓練所にふさわしい体格では無かった。

戦士は仲間の『盾』となる役割。

この少年は普段訪ねてくる奴らと比べると吹けば飛ぶような小ささだ。

だが、どんな人間であれ、ギルド職員が認めたとあれば受け入れの拒否はできない取り決めになっている。

仕方ない、ちょっと体験すれば勝手に諦めて出ていくだろう。

そう思い、訓練に参加させることにしたのだが。


(――――こいつは、驚いたな)


予想に反し、その子供は過酷な訓練について来た。

大の大人も逃げ出すような訓練に。

いや……体は追いついていない。

だが必死で喰らい付き、殆ど命を削るようにして訓練について来ている。


(こんな奴がいるのか)

ダンダルグは信じられない思いだった。

だが、認めざるを得ない。この少年は強い。

身体が、ではない。精神がとにかく強いのだ。

自らの苦痛を顧みず、一切の保身を考慮に入れず、ただひたすらに前に出続けることができる。

狂気と紙一重の並外れた勇敢さと言ってもいい。

それは【戦士】職には何よりも求められるもののはずだった。


どんなに酷く傷ついても前に出続けるその少年の姿勢にダンダルグは身震いがした。

自分は、そんな人材をこそ求めていたのではなかったか。

文字通りの『不屈』の精神を持つ、自らの片腕となる人材を。


その少年は信じられないことに、最難関の訓練までこなすようになった。

それは訓練所始まって以来『初めて』のことだ。

そこに至るまでに全ての人間が脱落する。


――それも当然の話。

元々、乗り越えられるようになんて設計していない。

王から最大限のものをと望まれたら、自然とそうなる。

もちろん、誰一人として突破できないものを作るわけにもいかないから、自分がクリアできること、という基準は作っている。

でも、そんな基準を作ってクリアする人間が現れるとも思わなかった。


なのに――この少年は、乗り越えてしまった。

あの殆ど地獄としか言いようのない過酷な試練を。

でも、それなのに。もっと意外なことが起こった。


「こんなことが――あるのか」


この少年にはそんな地獄のような過程で体に負荷を掛け続けても、どんなに努力してもまともな【スキル】が芽生えなかったのだ。

並外れて楽観的な男、ダンダルグもこの時ばかりは愕然とした。

そして、神とも運命ともつかぬものに不満を持った。

ここまで頑張れる奴にならら、何か一つぐらい、授けてやってもいいじゃないか、と。


そうして訓練期間の最大限、三ヶ月はあっという間に過ぎていった。

期限が来ても、少年は尚も訓練の継続を希望した。

こんなことも初めてのことだった。

今日で訓練期間は終わるが、この少年を自身が団長を務める【戦士兵団】に新兵として誘うことはできる。

ダンダルグは迷った。

だが、もしこの子がこのまま何のスキルも身につけずに【戦士】となれば。

この子はきっと、真っ先に死ぬことになる。

この向こう見ずで勇敢な少年は絶対に無茶をし、仲間をかばって命を落とす。

そんな未来がありありと見え、ダンダルグは首を振った。

「――ダメだ。このまま無理に続けても、お前はすぐに命を落とすことになる。残念だが、お前は【戦士】には向かない。次に行け」

そうして、ダンダルグは少年を自分の元から追い出した。

まあ、ここまで頑張れる奴だったら何か他の道もあるだろう。

そう信じて。

◇

——面倒臭い奴。

こいつ、面倒臭い奴だ。こいつからは面倒臭い奴の匂いがする。

【狩人】の訓練所を任されている【弓聖】ミアンヌは、訓練を受けたいと言って訪ねてきた子供を見た時すぐに、そう思った。

「訓練を受けさせてくれ」

「本当にやるの？　別にいいけど。じゃあ、これ持ってあそこに投げてみて」

そう言って、ミアンヌはすぐさま足元に落ちていた小石を拾い上げ、少年に手渡したが、小石を手渡された少年は戸惑っているようだった。

「……あそこって、どこだ？」

「あれ。あれに向けて投げて」

「あれって、あの木の棒か？　結構遠くに見えるけど……当てればいいのか？」

「そうよ。ほら、さっさとして。嫌なら帰るといいわ」

ミアンヌはとても短気だった。

少年は素直に受け取った石を放り投げた。

空に向かって飛んで行った石を眺めながら、ミアンヌはぼんやりと思っていた。


――よし、あれが外れたらこの子供、すぐに追い返そう。


この石投げは、ミアンヌが気に喰わない者、見込みがない者、なんとなく自分でもうまく説明ができないがなんとなく直感で教える気分が乗らない者……を追い返す時に使う常套手段だった。

何となく嫌だと感じたら、訓練と称して無茶な条件の試練を課し、それが失敗したら「お前はウチには向かない」と追い返すのだ。

王からは別にそれがダメだとは言われていないし、訓練所の所長にその辺りの裁量は任されているからだ。

それがダメだというのなら、こんな仕事を自分に押し付ける方が悪い。

ミアンヌはそう思っていた。
そしてこの子供を一目見た瞬間、ミアンヌは思った。
——ああ、こいつ、きっとかなり面倒臭い奴だ。
多分、人の話を全く聞かないタイプ。
なんとなく、そういう奴の匂いがする。
だから、いつもの奴（あれ）を口実にして追い返そう。
そう、即決した。

だが、ミアンヌの期待とは裏腹に少年が投げた小石は細い木の枝に、カツン、と音を立ててぶつかった。

「……もう一回」

ミアンヌは即座に二度目を言い渡した。
まぐれ当たりは二度はない。
一度、当たってしまったものは仕方ない。

でも、もう一回やらせれば必ず失敗すると思うからそうしたらこの子供を絶対に追い返す。

ミアンヌはそう意志を固めた。


「――当てれば、訓練を受けさせてくれるのか？」

「ええ。そうね、当てられたら、だけど」


そんなことがある筈はないのだが。

まあ、一度ぐらいなら偶然というものはあるものだ。

でもそもそも、こんな距離で石を投げてあの細い小枝に当てるなど不可能なのだ。

ミアンヌでさえ弓を使わなければ十回に一回は外す。

だから、次こそは絶対に外れるはず。

そしたら、すぐにでもこのなんとなく嫌な予感がする子供を追い返すのだ。

そんなことを考えるミアンヌを前に、少年は小石を拾い、再び言われた通りに的に向かって投げた。だが石を投げる少年の姿を見て、ミアンヌはしまった、と思った。


――こいつ、次も当てる。当ててしまう。

その時点でミアンヌはそう確信した。

この少年はしっかりと風を読み、目標を見据え、絶妙な力の加減で石の軌道を調整し、手から石を放り投げた。

……やばい。これでは当たってしまう。

ミアンヌが言い訳を考えているうちに、石が細い木の枝の先端に当たるのが見えた。


「これで、いいのか？」

「——全然、よくない。全然、よくないわよ」


ミアンヌは苛立ちながらも、そのとても嫌な予感がする少年に【狩人】の訓練を受けさせることにした。

仕方ない、約束は約束だ。それを守らないというのも格好が悪い。

……そうだ。この少年には弓を持たせずこのまま石を投げ続けさせておこう。

それならきっと自分が面倒な思いをすることもあまりない、などということを思いながら。


そうして、一週間が経った。

「……弓が、使いたい」

アンタはとりあえず、石だけ投げておけばいい――――ミアンヌにそう指示を出された少年は素直に従っていた。

だが、時折思い出したように「弓を持たせてくれ」とせがんだ。

その度にミアンヌは非常に嫌な予感を感じつつも、渋々、少年に弓を持たせた。

だが――――その結果は散々だった。

ミアンヌの嫌な予感は、当たった。

少年はミアンヌの予想通り、アドバイスを全くと言っていいほど聞かなかった。

いや、言葉自体は耳に入っているのだが……一向にその真意が伝わらず、気づけばまったく別のことをしている。

たまに、こういう奴はいる。

でもここまで酷いのは初めて見た、とミアンヌは思った。

でも、それだけならまだ、良かった。

話を聞かないだけなら、まだまだ、ミアンヌの予想よりずっとマシだった。

少年を一目見たときに感じたミアンヌの嫌な予感は、ものの見事に的中した。

少年は凄まじい程に不器用だった。

いや……不器用にすら程遠い、前代未聞の何かだった。

――その少年はミアンヌが与えた弓全てを、悉く破壊した。

引く弓の弦が必ず切られるのは当然として、ある弓は無残にへし折られ、ある弓は凄まじい握力によって持ち手をそのまま握り潰され、ある弓はどういうわけか破裂した。

そうして少年に弓を触らせるうちに訓練用の弓があっという間になくなり、見かねたミアンヌが自身が知る限り最強の強靱さを誇る秘蔵の宝弓を持ち出し、持たせた瞬間、見るも無残に折れ曲がった。

ミアンヌはその一つ一つのできごとを思い出しながら、額に怒りを滲ませた。

「次は必ずうまくやるから、頼む……お願いだ！」

ミアンヌはその少年の何十回目かわからない要求に、蒼白な顔で首を横に振った。

「……ダメよ……絶対にダメ……あれだけ弓を壊しておいて、なに言ってるの……？　持たせても即座に持ち手を握りつぶすし弦を切りまくるし、ろくなことにならないし……本当にどういう握力してんのよ。アンタのせいで訓練用の弓はもう数に余裕がないんだから！　それどころか、貸した私の秘蔵の宝弓までへし折って……うぅ。……あれ以上の強度のは、存在しないんだから！　いいから、アンタは石だけ投げてなさい」

「……わかった」


そして、少年は言われた通りにその後も石を投げ続けた。

ミアンヌが数日後、気まぐれに訓練所を訪れた時、多くの訓練生が弓を使って訓練用の的を射ている中、その少年だけは的に向かって石を投げていた。


ミアンヌはその時、改めて少年のことをまじまじと眺め、観察した。

観察した上で、やはり、この少年はどこかがおかしいと思った。

弓を使ってようやく届く距離に置いてある訓練所の的に、肩の力だけで小石を正確に当てている。

普段、他人に興味を持たないミアンヌが少しだけ興味を持った。


「……それ、誰に習ったの？」

「いや、誰にも習ってないぞ。鳥を獲る為に自然に身についた」

「へえ、鳥。どんな？」

「空から山ウサギを狙って落ちてくるやつだ」

「……そう。それに当ててたの？」

「当たり前だろ。当てなきゃ獲れないからな」

「……あ、そう。当てられるの」


あきれた話だ、とミアンヌは思った。

少年の言う「山ウサギを獲りに来る鳥」というのはこの王国の生態系でいうと【雷迅鳥】しかない。

空から雷のように疾く獲物を狩りに来るから【雷迅鳥】。

常人は目で追うことすら難しく、それを射落とすのは熟練者が優れた弓を使っても結構難しい。

まあ、自分は目を瞑ってもできるけど。でも、大体の人間は難しい。

それをこいつは、唯の投石でやってのけていたと言う。

それも【投石】のスキルを身につける前の話だ。


――なんなの、こいつ？

あきれてものが言えないとミアンヌは思った。

そしてこの少年が石を当てている的を眺め、またさらにあきれ返った。

見れば、部下が少年の為に用意した『特別製の的』には無数の穴が空いていた。

少年は最初、他の訓練生と同じような木製の的を使っていたのが、少年の投げた石によってあっという間に穴だらけになり破壊されてしまい、困った部下たちの手によってすぐに別の物に交換されたのだ。

それからは無残に破壊される、ということはなくなったのだが。

だが――聞いたこともない。

壊れない的として用意された鋼鉄製の大盾を、辛うじて見えるぐらいの距離から投げた小石で撃ち抜く、などと。

（こいつ、訓練所（ここ）にいる意味ある？　もう、一生このまま石投げてればいいじゃない）

――やっぱり、この子供は異常だ。おかしい。

確かに弓を使う才能などこれっぽっちもないし、身についたスキルも【投石】だけだ。

でも、それで十分じゃないか。下手な弓より、よほど強力だ。

この少年はやたらと弓を持ちたがるが……そもそも、弓というものの意味を理解しているのだろうか。

あれは非力な者がより遠くに、正確にものを飛ばす為にある道具。

剛弓と呼ばれる引くのが難しい弓も、結局のところ、同じ。

どんな弓も例外なく、当てる、貫く、という目的に対して不足する能力を補う為に存在している。

でも――あの少年はもう、弓なしでもう足りてしまっている。

この少年はただ投げるだけで、その辺りに転がる石を鋼鉄の盾を撃ち抜く凶器に変えた。

それが、どれほどとんでもないことか。

……例えば、その石を鉄の塊に持ち替えたら？

途端に、重鎧（ヘビーアーマー）を軽々と砕き頑丈な城壁すら貫通する、ほぼ弾切れなく無限に連射可能な大砲となる。

或いはそれを細かな聖銀（ミスリル）の破片に持ち替えたら？

目の前に百の兵が迫ろうとも、ただの一投で殲滅できる理不尽な殺戮兵器が出来上がる。

そんなもの、弓より遥かに恐ろしい。

弓(あれ)は使う者に力を与える代わりに大きな制限を課すものであって、少年はそんな道具(もの)を持たない方がずっと強いのだ。

……やっぱり、もう、こいつには朝から晩まで石だけ投げさせときゃいいのでは。

そうすりゃ、いつか気づいて自分から出て行くだろう。

弓の存在を全否定するような少年にわざわざ教えるのも癪なので、自分からは絶対に教えない。


――ミアンヌがそう思って、思い続けて三ヶ月が経った。

その間、ミアンヌの出す無理難題を乗り越え続け、あきらめ悪く訓練所に居座り、未だに「弓を持たせてくれ」と懇願する少年に、ミアンヌは言い放った。


「言ったでしょう？　アンタに弓はいらない。アンタには繊細な道具を扱うセンスが絶望的にないし、全然ダメ。持ってても壊すだけじゃないの！　弓なんか教えるだけ、無駄！」

「で、でも――！」

「アンタはそのまま石でも投げてりゃいいのよ。それで十分。さっさと何処かに行きなさい。ここにいられても邪魔だから」


ミアンヌは尚も【狩人】の訓練所の門にしがみつく少年を、手荒に蹴って追い出した。

だいたい、自分がこいつに教えることなんて何にもないのだ。

既に自分よりも的に当てることが上手くなった者など、この訓練所にいられても邪魔でしかない。

この少年は【スキル】を身につけて『冒険者』になることにやたらとこだわっているが、別にそんな肩書きがなくても人生なんとでもなるだろうに。


――本当に面倒臭い奴。

どうでもいいことに縛られずに、さっさと自分で好きにやればいいのに。

この少年は最初から、自分一人でだって好き勝手に生き抜くことができる強さを持っている。

……いい加減、それに気付けばいいのに。

それがミアンヌの嘘偽りない気持ちだった。

◇

「……【盗賊】の、訓練を受けさせてくれ」

「訓練を？　お前のような子供がか？」

身体中に足型のような形の泥をつけ、肩を落とした少年が【盗賊】の訓練所に現れたのは、カルーが昼休憩で読書しながら寛いでいる時だった。

「ああ。訓練を受けさせてくれ」

「――そうか、お前があのノールか。いいだろう。ついてこい」

カルーはこの少年の話を耳に入れていた。どういう人物かも大体把握している。

今さら無駄な問答をする必要もない。早速、【盗賊】の訓練が始まった。

【盗賊】の訓練内容は地味なものばかりだ。

気配を消す訓練。気配を察知する訓練。音もなく目標に近づく訓練。設置された罠や仕掛けをひたすら発見し、解除したり回避したりする訓練。

それら基礎的な訓練を繰り返し、だんだんと難易度(レベル)を上げていく。そうすると大抵、何周目かで【盗賊】職に必要な【スキル】が身につく。

だが……どんなに頑張っても、この少年にはただ一つ、足音を軽減するスキル【しのびあし】しか芽生えなかった。それ自体は悪くない。最も基本的なものの一つだからだ。だが、気配だけ消せたところで、他の能力と組み合わせて使えなければ【盗賊】職として役に立つことは難しい。

それだけでなく、他にも少年は【盗賊】職として大きな問題を抱えていた。

設置された罠(トラップ)や仕掛けに対して、不器用そのものなのだ。

【盗賊】といえば鍵の解錠や罠(トラップ)などの危険察知が仲間(パーティ)内での役割となるものだが、この少年は鍵を掛けた小箱を渡せば必ず壊し、罠に近づけば必ず作動させてしまう。鍵はまあ、触らせなければ破壊することもないのだが……罠を作動させる方は本当に深刻で、複数の罠の掛かった通路に入れば、一つ残らず全て作動させて帰ってくる。

どういうわけか壊れて修理が必要とされているような罠でさえも、少年が近づいた時にはなぜかきちんと発動する。もはや神がかっている、と言ってもいい。

その性質は何かのスキルや【恩寵(ギフト)】なのかとも思ったが、違うらしい。

それがわかる魔導具を持ち出してみても何の反応もなかった。

もう天性の運の悪さと破滅的な不器用さとしか言いようがなかった。

だが、少年は必ず仕掛けられた罠（トラップ）を発動させはするものの、どんな脅威をものともしなかった。

飛び来る毒矢を素手で叩き落とし、身体を押し潰そうと転がる大鉄球を真正面から受け止め、天井から襲い掛かる無数の毒蛇の頭を全て潰し、血抜きをして持ち帰った。

聞けば、あとで調理して夕飯にするのだという。


――趣旨が、違う。


そう、その少年は全ての罠を正面から打ち砕いていった。

事前に発見したり、解除したり、回避したりするのではなく、罠を発動させた上で、堂々と真正面から叩き潰したのだ。


――確かにすごいが、間違っている。


これは盗賊の訓練だ。

勇敢さと動体視力、反射神経と生存能力は認めるが、趣旨が全然違う。

いや、罠にどう対処するのが本当は正解だというのは実際はないのだが、最低限のことは教えてから訓練を始めるべきだったとカルーは後悔した。

ともあれ、いくら罠を発動させたとしても、この少年自身は大丈夫だと言うことはわかった。

だが、これではパーティで行動した時、巻き込まれる方はたまったものではないだろう。

この少年は集団行動には致命的に向かない。

この時点で冒険者の【盗賊】職としては完全に失格だ。


――あくまで、冒険者志望の【盗賊】職としては、だが。


「どうしても冒険者でなければいけないのか？」

「ああ。俺は冒険者になりたいんだ」


カルーはそれ以上何も聞かなかった。

これまでのやりとりで、この少年が簡単に意見を曲げるような人物には見えなかったからだ。

だがそういう性格も含めて、カルーはこの少年を好意的に受け止めた。


……この少年はまあ、そんなに悪くない。

気配を殺すことには長けているし、恐ろしいほどに勘がいい。

だがそれだけで【盗賊】職として合格点にはならないだろう。

そんな考察を続けているうちに訓練期間が三ヶ月を迎え、別れ際、カルーは少年にはっきりと言った。

「冒険者としてやっていきたいのなら、罠のかかった宝箱の開錠もできない、気配察知スキルももたない……おまけに触った罠を片っ端から作動させていく斥候(スカウト)などお話にもならない。【盗賊】に関しては全く才能はないから違う職を探せ」

とはいえ、カルーは知っていた。

この少年は【剣士】、そして【戦士】の才能もなかったという。

あのミアンヌがこの少年にまともな訓練を行ったとは考えにくいが【狩人】もダメだったらしい。

自分が面倒を見た【盗賊】職でもろくにスキルは身につかなかった。

残るは【魔術師】と【僧侶】のみだが……おそらく、それも望みは薄い。

となると、この少年は規定上は『冒険者』になる最低要件を満たせないということになる。

そう考え、カルーは仮面の下で笑った。

——少年には悪いが、それは、非常に都合がいい。

この少年の意志は固いようだが……もし今後、彼が『冒険者』への道を諦めざるを得ないのなら、ちょうどいい。

自分の王都諜報部（職場）に勧誘（リクルート）しよう。


確かにこの少年には何のスキルもない。

罠を片っ端から作動させてしまうのも困りものだ。

だが、この少年の気配の消し方と周囲の異変を察知する天性の勘は非常に優れている。

何より、余人に代え難い忍耐力と執念がある。

それは自分のような職業を生業とするものにとっては何よりの資質。

きっと将来、彼なら優秀な諜報部員として活躍してくれるだろう。


――これはいい人材を見つけた。


そう思いながら、カルーは期限が来ても【盗賊】の訓練の継続を希望する少年を訓練所からつまみ出した。

そして【隠蔽】を使って姿を隠した自分の気配を察知し、尚も必死に追いかけようとしてくる少年の姿を頼もしく思いながら、夜の闇に紛れ姿を消した。

「……【魔術師】の……訓練を、受けさせてくれ……！」

涙でぐしゃぐしゃになった顔で、【魔術師】の訓練所の門を叩いていた少年を見かけた時、【魔聖】オーケンは首を傾げながら自慢のあご鬚を撫でた。

「ホッホウ……？　随分と若い訓練志願者じゃの？　確か、普通は最低でも15歳からじゃったような気がしたが……受付年齢が急に下がったのかのう？」

「ギルドのおじさんから紹介してもらったんだ……！
頼むから、受けさせてくれ……!!
もう、本当にここしかないんだ……!!
頼む……!!　お願いだ……!!」

「ホッホウ、面白い口のききかたをする小僧じゃのう。まあ、やるだけやってみなさい」

そうして、【魔術師】の訓練をはじめてはみたものの。

――案の定、ダメだった。

その少年は、一言でいえば全く魔法の才能がなかった。
驚くほどに、魔力が体に流れないのだ。
魔術は幼い頃から魔力に親しみ、理論を学び、やっと使えるようになる。
だが、この少年はその一番最初の段階でつまずいた。
この少年の魔力は、あまりにも凝り固まってしまっているのだ。

「ちと、魔力を動かし始める時期が遅かったかのう。じゃが、それにしても……ここまで魔法の才に恵まれない者もめずらしいのう？　その年齢ならもうちょっと柔らかくてもおかしくはないのじゃが……なんかの体質なのかのう？」

この少年の身体に魔力がないわけではない。むしろ、多い方だろう。
だが、それがどういうわけか、身体の中で固まって全く動かないのだ。

動かせないものは、使えない。

……逆に言えば、強烈な魔法攻撃を受けても生き残ることのできる強烈な耐性がある可能性もあるのだが。

この先頑張っても見込みはないことを少年に率直に伝えたが、本人は訓練所を去るのを拒んだ。


「――ふむ。ちと様子を見るか」


オーケンは少年の意思に任せ、しばらく放っておくことにした。

嫌になって自ら辞めて行く者は多いが、出て行きたくないというのなら本人の気が済むまでやらせておくしかない。

とはいえ、この【魔術師】の訓練所はある程度の知識と技術を身につけた者が来る場所。

この持たざる少年にできることといえば『魔力共振部屋』での瞑想だけだった。

完全な闇に包まれた音も光も完全に何もない完全に孤立する空間に引き籠もり、自らの『魔力』のみと向き合う鍛錬。

部屋に全ての感覚を何倍にも鋭敏にする装置が埋め込まれており、【スキル】習得の効果は高いが、同時に恐怖や不安や苦痛も一緒に激しく増幅されてしまう為、人によっては入っただけで気が触れる。

数秒で耐えきれなくなって出てくる者も、多い――少年はそんな説明を受けても、怖じ気付くことなく、訓練を受けることを望んだ。

「本当にやるのかのう……?」

「やる」

まあ、何事も経験だ。やらせてみてもいいだろう。

(どうせすぐに出てくるじゃろうし)

そうして、オーケンは軽い気持ちで少年に『魔力共振部屋』に入ることを許可した。

だが数分経っても、数時間経っても、少年はその部屋から出てくることはなかった。

翌朝になっても少年が部屋から出てきていないことに気がつくと、年老いたオーケンの顔は青白くなった。

――まずい。もしかしたら、中で気絶しているかもしれない。

いや、下手すると……死んでるかもしれない。

そう思ってオーケンが慌てて中を覗き込むと、少年は何事もなかったかのようにただ静かに座っていた。

そして、心配して様子を見に来たオーケンを見ると「邪魔をするな」と部屋から追い出した。

（なんじゃ……あいつ……？）

それからというもの、少年はずっとその部屋に入り浸ることになった。

たまに食事とトイレに出てくる以外は一切出てくることもなく、他に使う者が現れない『魔力共振部屋』はほぼ少年の専用部屋のようになってしまった。

オーケンは流石に心配になり、何度も大丈夫か、身体に異常はないかと問いかけたが少年は「何ともない」と答え、その度にオーケンを部屋から追い出した。

オーケンはどういうことかと首をひねった。

他にやらせることがないのでいきなりやらせてしまってはいたが、少年がやっているのは実際、熟練の魔術師ですら逃げ出すようなかなり上位の鍛錬——この訓練所でいえば一番辛い、最難関の部類の鍛錬ということになるのだが。

だが、それだけやっても肝心の【スキル】は一つも身についていない様子だった。

オーケンは再び首をひねった。こんなこともあるのか、と。


――そうして、そのまま三ヶ月が経った。


訓練期間の期限も近くなった頃、相も変わらず『魔力共振部屋』に出入りしていた少年が、珍しくオーケンを呼び止めた。

少年はやっと【スキル】らしきものを身につけたので見て欲しいという。

オーケンは大した期待もせずに、少年がスキルを使う様子を眺めていた。

この少年が殆ど魔力を動かすことができない体質であることを知っていたからだ。

まあ、何であれ、ここまで努力して身につけたのだ。

それがどんなものであれ、それなりに褒めてやることにしよう。

そんなふうに思いながら。

だが、それを見せられた瞬間――オーケンは愕然とした。

(――――何しとんのじゃ、こいつ)


少年ができたと言って見せてきたのは【プチファイア】だった。

【魔術師】のスキルにおいて、最下位のスキル。

まあ、それはいい。それ自体は問題ではない。

……問題はそれが二本の指先から一、つずつ、でていることだ。

つまり、【二重詠唱】。

こんな魔術に触りたての小僧が【二重詠唱】?


(……何やっとんのじゃ、こいつ……!?)


オーケンは驚きのあまり体を硬直させた。

それは魔力操作の奥義とも言え、長年の研鑽の末に辿り着く筈の境地。

自分が若かった頃は幻とさえ言われており、体現した時にはかなり驚かれたものだった。

自分はそこまで行き着くのに、五十年かかった。

体現して以降、調子に乗って行く先々の酒場でコツを教えて回ったこともあり、その後数十年も経つと「できるようになった」という者はそれなりに話に聞くぐらいにはなったのだが。

それも、自分が教える前にはいなかったのだ。


……なのに、こいつは。

何も教えられないまま。自力で。それもたった三ヶ月でそれを成し遂げたということになる。


(何やっとんのじゃ、こいつは――――!!)


オーケンは驚きのあまり、頭の中で同じ台詞を三度繰り返した。

今、目の前でとんでもないことが起きている。

魔術の歴史を揺るがすような異常事態。

だが興奮するオーケンの前に立つ少年は悲しげな声でこう言った。


「――――これが、精一杯だったんだ。どんなに頑張っても、これしか」


オーケンは冷静さを取り戻すと、肩を落とす少年に声を掛けられないでいた。

確かにこの少年の魔術に対するセンスは、ずば抜けている。

……ただ、体質が致命的に悪い。

この少年の成し遂げたことは凄い。

だが、冷静になって考えるとあまり喜べはしないのだ。

オーケンにはわかってしまうからだ。


残念ながら、この少年に魔術師としての大成はない。

この偉業を成し遂げた少年が魔術師として活躍する未来は残念ながら、ない。

三百年近く生き、その全てを魔術の研鑽に費やしてきた【魔聖】だからこそ、それがわかってしまう。


――勿体無い。

これは本当に、勿体無い。

普段何かを悲しむことのない楽観的な老人が珍しく、心の底から嘆いていた。

体質という器さえ違えば、この少年は不世出の魔術師としてこの世に名を馳せていたに違いないのだから。


「ホッホウ――何にせよ、ここはお主の居場所ではないな。何か別の道を探すといい。お前さんがちゃんと納得して歩める道をな」

そう言って、オーケンは満期で訓練を終えた少年を送り出した。

視界から遠ざかっていく小さな背中を眺めつつ、自分が引き取って少年を育てることも考えに浮かんだが、思い留まった。

このまま行かせても、この少年は自分の力で人生をなんとかするぐらいの強さは持っていることだろう。

この他の人間にはない『何か』がある少年は、これから自身自身で道を探すことになる。

そうさせるのが、いい、と、オーケンは少年を見送った。

この手の人間に、師はいらないのだ。

かつての自分がそうであったように。

◇

「【僧侶】になりたい。訓練を受けさせてくれ」

全てを諦めたような昏い表情の少年が、セインが訓練官を担当している【僧侶】の訓練所の窓口を兼ねている教会を訪ねてきたのは雪の降る朝のことだった。

「一応聞いておきますが、小さい頃に『祝福』の儀式は受けましたか？」

「……儀式？　何だ、それは」

セインは少年を哀れに思った。

その少年はどういうわけか、何の前準備もなく【僧侶】になりたい、という。

残念ながら【僧侶】は、そんな風にしてなれるものではない。

「【僧侶】になるには、ある程度の素養(したじ)がなければ無理なのです。やめておきなさい」

セインは少年を門前払いすることに決めた。

可哀想だが本当に無理なのだ。

【僧侶】職が奇跡を扱う為には、手順がある。

予め、『聖霊』の祝福が与えられなければ、人は奇跡たる『癒術』を扱えない。

【僧侶】職となる人間は普通、生後間もなく『聖霊』を体の中に導き入れる儀式を行い、その聖霊の量の多寡で後に扱える奇跡の範囲が決まる。

本当に特別な【恩寵（ギフト）】持ちでもない限り、例外は無い。

ここへ訓練を受けに来る者はあらかじめ、数年前から決まっているのだ。

だから急に来られても受け入れられないし、ここだけは他の訓練所にはない厳格な適性の審査がある。

後から急にやりたいと言ってできるものでは無い。

少年の持つ訓練許可証に判を押したという冒険者ギルドの職員は、そんなことすら知らなかったのだろうか。

知っていれば、そんなことをするとは考えられないのだが。

「その許可証も、おそらく何かの手違いです。ここではあらかじめ決まった生徒しか訓練を受けることができないのです。申し訳ないのですが」

セインは少年を受け入れられない理由を簡単に説明した。

だがその暗い顔をした少年は頑なだった。

「訓練を受けさせてもらえるまで、門の前から一歩も動かない」

少年の意志は固いように見えた。

だが、王都の孤児院の院長も兼任するセインは子供の扱いには馴れており、この手の我儘は一時的なものと心得ていた。

こんな雪の中、立ち続けるのは子供には辛い。

いずれ、あきらめて立ち去ることになるだろうと、放置して仕事を始めることにした。

だが昼頃になり「あの子供がまだ門の前に立っている」と見回りの職員が困惑した顔で報告に来た。追い払うかと聞かれたがセインは「放っておきなさい」と返した。

その日は忙しく、セインはそのまま別の仕事場に移動し、一日が過ぎた。

翌朝。

その子供は、変わらず門の前に立っていた。

「まさか、昨日からずっとそうしていたのですか?」

「ああ、そうだ」

流石にそれはこの子供の嘘だろうと思った。

こんな子供が外套（コート）も何も身につけず、夜通しでこの天候の中、立ち続けることなど考えられない。

もし立ち続けていたら、今のようにまともに受け答えをする体力があるとも思えない。

「そうですか」

「俺も、訓練を受けさせてくれるまではここを一歩も動かない」

「そんな風にして毎日訪ねてきても変わりませんよ」

セインは前日と同じく少年のことは放置して仕事をすることにした。

とはいえ流石に気になってしまい、仕事の合間に時々窓から門の前を見下ろし、少年の姿を確認した。

そこでセインはあることに気がついた。

「……本当に……門の前から一歩も動いていませんね」

少年はその日の午後になっても、門の前から一歩も動かなかった。

……まさか、本当にずっと昨日から、ああしていたのだろうか。

日が落ちる頃になっても、少年がそのまま立っている姿を見ると、もはや、そんなことがあるはずがないとは言い切れなかった。

セインは急いで門の前に立つ少年の許に向かい、声をかけた。

「本当に申し訳ないのですが、いくらそこに立っていられても何も教えることはできないのです。【僧侶】になるには特別な資質が必要なのです。これは何も、意地悪で言っているわけではありません」

「……それでも、やりたいんだ。お願いだ。頼む」

「無理なものは、無理なのです。お願いですから、あきらめて帰ってください」

「帰るところなんて、ない」

セインにはもう、その少年が嘘をついているようには思えなかった。

本当に帰る場所はないようだった。

「それなら、孤児院に来ませんか？　他にも子供たちが大勢いますし、きっと友達もできるでしょう」

「……行けば、訓練を受けさせてくれるのか？」

「それはできません」

「なら行かない」

「……そうですか。ならば、気が済むまでそこでそうしていてもらうしかありませんね」


セインは少し迷ったが、放っておくことにした。

少年は弱っているようには見えなかったし、幸い、ここには癒術の奇跡に長けた職員も多くいる。

セインは宿直当番の職員に、もしこの少年の様子が変わったら、暖かい部屋の中に入れて手当てをし、食事を与えるようにと伝えた。

そして、すぐに自分のところに連絡をするようにと申し添え、その日は職場を後にした。


その後、職員からの連絡はなかった。

だがその日、セインは眠れぬ夜を過ごすことになった。


……あの少年は、諦めたのだろうか。

いくら強情な子供でも、生命（いのち）の危険がある程に意地を張ったりはしないものだ。

どこかで必ず、弱音を吐く。

でも、あの子は意見を曲げない様子だった。

それに、帰る場所などないという。

やはり、強引にでも連れ帰ってくるべきだったかもしれない。

そんなことを考えながら宿直の職員からの連絡を待つうち、そのまま日が昇り朝になった。

その日の朝も前の日と変わらず雪が降っていた。

気になっていつもよりも早めに教会に赴くと、少年はまだ門の前に立っていた。


「――まさか、ずっとそこに……？」


質問に答える代わりに少年の口から出た言葉は、昨日聞いたものと全く同じものだった。

「訓練を受けさせてもらえるまで……ここから、一歩も動かない」

セインは少年の気迫に、背筋に寒いものを感じた。

そして悟った。

この少年は放っておけば、翌日も、また翌日も――おそらく、命を落とすまでここに居続けるだろう。

このままでは、この少年の命が危ない。

最早、セインが折れるしかなかった。


「わかりました――手ほどきだけなら。【僧侶】の訓練に参加させてあげましょう」

「……ほ、本当に……!?」

「でも、それで何かができるようになる保証はどこにもありませんよ。それはわかってくださいね」

「ああ、わかってる……！　ありがとう……！」


そうして【僧侶】の訓練が始まった。

だが、この少年には【僧侶】系統を目指す者であれば誰もが受けているはずの『祝福』はない。

念の為、体内の聖霊の量を測ることのできる計器を使って調べてみたが、改めて少年に素養(したじ)がない事実が浮き彫りになっただけだった。

【僧侶】職の人間は身体の中に聖霊を取り入れることによって、奇跡の力を行使する。

それが【ヒール】などの癒しの奇跡を体現する系統【聖術】であり、そもそも使用に至る為の大前提があるのだ。

この少年にはそれがない。

だから、訓練所に受け入れたところで、単にその知識を授けるだけになる。

そう思っていたのだが、他の『祝福』で聖霊を体内に宿した訓練生と同じように奇跡を「扱う」為の訓練をすることを求めた。

それは不可能だということを何度か伝えたが、少年の意志は曲がらないようだった。

自分も他の者と同じような訓練を受けたい、と。

仕方ないと思い希望の通りにさせておいた。

この少年が望むものは決して得られはしないだろう、と内心哀れに思いつつ。

だが――そこで、不思議なことが起きた。

少年は、無謀とも言える訓練を継続した結果、最下級のさらに下位とはいえ【ローヒール】の【僧侶】スキルを身につけてしまったのだ。

「こんなことが……あるのですか」

それは本来、起こり得ない筈のことだった。

【僧侶】スキルは奇跡の触媒たる『聖霊』を後天的にその身に宿さずには決して使うことはできない。

身体に宿したもの以上の力は、使えないのだ。

だが、聖霊の力を使うことでしか成し遂げられない筈の奇跡を、この少年は現実に使っている。

つまり、聖霊の力を借りることなく自らの力で『奇跡』を行使している、ということになる。


聖霊を介さず、自ら奇跡を行使する――

それが、どれほどとんでもないことか。

それはつまり身に宿す聖霊の量に縛られず、『奇跡』の力をほぼ無尽蔵に扱えることを意味する。

どうすれば、そんなことができるようになるのだろうか。

……本当に信じられない。

セインの常識からすると、それはとても信じ難いことだった。

だが、認めないわけにはいかない。

この少年がある面に於いて自分よりも遥か『先』の領域に到達しているということを。

セインは少年によって、自らが修練を重ねる必要があることを気付かされたのだ。


――自分は何と、愚かだったのだろう。

この少年のことを可哀想、などと。

セインは少年に対する扱いを悔やみ、同時に感謝した。

自らをさらなる高みに引き上げてくれた目の前の小さな師の存在に。

だが、当の少年の表情は浮かなかった。


「……これは、スキルじゃないのか?」

「ええ、残念ながら。【ローヒール】では『冒険者』としての有用スキルとしては認められないと思いますが……でも、幼少時の祝福もなしでここまでできるのは、すごいことなんですよ。今はまだ実感が湧かないかもしれませんが……これは本当に、すごいことなんです」

「そうか……やっぱり――ダメだったのか」

少年は可哀想なぐらいに落胆していた。

セインの想いとは別に、少年の望むものは手に入らなかったのだ。

既に少年が訓練所を訪れてから丁度、明日で三ヶ月が経過しようとしていた。
王国が定めた法で決められた訓練生の預かり期限であり、もう少年は出ていかねばならない。

——その夜、セインは考えた。
あの少年の才能は、すぐに芽は出ないかもしれない。
だが、時間をかけて育てれば、おそらく……いや、確実に、とてつもない人物になる。
最近孤児院が迎えた彼ら——イネスやギルバートとも良い友達になれるかもしれない。
そう思い、セインはこの身寄りのない少年を自らの運営する孤児院に招こうと思った。

そうして翌日の朝。
セインが声をかけようと訪ねた時、少年は訓練所から忽然と姿を消していた。
少年は誰に別れを告げることもなく、自ら姿を消した。
目撃した部下が言うには、少年は冒険者ギルドのある方角へと向かったという。

それを知ったセインは即座に【六聖】全てを招集し、会議にかけた。
あの凄まじい素質を持った少年、ノールを今後どうするか全員に問う為に。
そして満場一致でその少年の身柄を【六聖】全員で引き受け、育てることが決まった。

だが――その時、既に少年は王都から姿を消していた。
最後に姿を目撃したギルドの職員が言うには、少年は行き先も告げず無言で何処かへ立ち去ったという。

その事実を知ると、即座に剣聖シグが「全ての仕事を辞してあの少年を探す旅に出る」と言い出し、王宮を巻き込んでの大騒ぎになったのだが――なんとか、王を含む周囲の人間が引き止め、全員で協力して探すということでことなきを得た。

だがその後、幾ら手を尽くしても一向に少年の行方はわからなかった。
どういうわけか、誰一人、少年の影すら摑むことができなかったのだ。
そうして、失意の中で時間だけが過ぎていき――

彼らが再会するまで、実に、十数年の歳月を要することになる。

あとがき

二巻をお読みいただきありがとうございます。

一巻では割とゆったりとしたシーンが多かったのに比べ、二巻では冒頭でいきなり王国が存亡の危機に陥っていたりして、ウェブ版をご覧になってない方の中には「なんだこれは……？」とちょっと疑問に思われた方もいらっしゃるかもしれません。

実は、この一巻と二巻の内容にあたる『魔導皇国編』は、元々は一冊の本に収める予定（つもり）で書いていたものでした。

『俺は全てを【パリイ】する』を「小説家になろう」で連載を始めた当初、筆者としてはこの話が書籍化したらいいなあと願いつつ、本当にそうなったときのことを考えて、「章立てごとに十万字前後（十万字は文庫本にしてだいたい1冊分）で書いてキリのいい構成にしよう」という目標を立てて書いていたのですが、連載が進むにつれ当初から書きたかったシーンのボリュームが膨らんでいき、結局、一章が完結しようとする頃には目標の十万どころか軽く二十万字を超えてしまっていました。

幸運なことに連載初期に本当に書籍化のお声がけをいただきつつも、一応、一冊の本になったときに読後感の良い話にしよう、と構成を気にして書いていたつもりが、めでたく倍のボリュームになってしまったということで「……どうしよっか、これ……？」と、悩みながら編集者さんとお話する中で、ありがたいことに、そのまま半分に切っても読むに耐えるものである、というご判断をいただき「普通に二冊に分割しましょう」という単純明快な結論に行き着きました。

とはいえそうなると派手な場面は主に後半（二巻）に来ますし、一巻では物語がキリよく終わることもなくオチもつきません。作者的には楽でも、出版社さんの販売戦略的には割と不利になる要素てんこ盛りだったんじゃないかと思います。

そんな形での出版を決断してくださった編集者さん、出版社さん、そしてそんな中で好意的な評価をくださり二巻までついてきてくださった読者さんには感謝しかありません。

そんなわけで本作『パリイ』一巻は「折り返し地点でお話が終わる」、二巻は「冒頭いきなりクライマックス」というちょっといびつな構成となりましたが、二巻でひとまずのお話はまとめられたと思います（実質上下巻ですね）。

とはいえ作者的にはやっとプロローグにあたる部分が消化できたところでして、物語としてはまだまだ続きます。

順調にいけば次巻からは『神聖教国編』が始まります。

リンネブルグ王女（リーン）が留学時に世話になった『神聖ミスラ教国』の女教皇から「身に覚えのない婚約話」を持ちかけられるところからお話は始まります。いわゆる流行りの婚約破棄モノの要素もありますが、違うのはこっちから破棄（物理）しにいくということでしょうか。

ウェブ版の分量を考えると、おそらく二章もとても一冊には収まらないボリュームとなりますので、またもや複数巻に分割していく形になりそうな気がします。その辺り、まだまだ諸々未定ですが、お付き合いいただければ幸いです。

また既にお気づきの方もいらっしゃるかと思いますが、二巻の巻末に収められた『才能無しの少年』は一巻の一話『才能無しの少年』と対応した、別視点のエピソードとなっています。一巻と二巻で見比べてもらえると、主人公と周囲の深刻な認識の相違が浮き彫りになり、面白いんじゃないでしょうか。

はたして今後、彼らの大きな認識の溝が埋まるときはくるのでしょうか……？

ご期待ください。

令和三年　三月
鍋敷

2巻も
ありがとう
ございました
カワグ

待望のコミカライズ
コミックアース・スターで連載開始!!

俺は全てを【パリイ】する 2
～逆勘違いの世界最強は冒険者になりたい～

発行 —— 2021年 3月15日 初版第1刷発行
2024年10月 7日 第2刷発行

著者 —— 鍋敷

イラストレーター —— カワグチ

装丁デザイン —— 荒木恵里加（BALCOLONY.）

発行者 —— 幕内和博

編集 —— 古里 学

発行所 —— 株式会社アース・スター エンターテイメント
〒141-0021 東京都品川区上大崎 3-1-1
目黒セントラルスクエア 7F
TEL：03-5561-7630
FAX：03-5561-7632

印刷・製本 —— 中央精版印刷株式会社

ISBN 978-4-8030-1502-7